ZACH KING

LA MEVA VIDA MÀGICA

Il·lustrat per

BEVERLY ARCE

ZACH

ZK
EN ZACH KING:
- 11 ANYS
- TÉ UNA GERMANA PETITA
- ÉS MÀGIC!?!?
ZACH
ON ÉS EL MEU BARRET?
RADICAL
UAU!
MOLA

AARON

- Li encanta el gat Michael
- És el càmera oficial
- 12 anys

GUAI!

Digueu: Lluííííís!!!

Quin fàs

=AARON=

Púding

Per què caus bé a tots els animals?

—Perquè sóc GUAI!!!

ha, ha...
sí, és clar

El gat Michael
-És perfecte en tots els sentits
-Li fan por les altures
superbufó
Michael
INCREÏBLE!
AL·LUCINANT!
ESPECTACULAR!
Fantàstic!
GUAITA! Ha signat aquí
QUE FORT! Mira la seva petjada

Que bonic!
Gràcies!
RACHEL HOLM:
-11 anys
-Li encanta el rodeo
-Vivia a Wyoming
-KARATE!!!
Rachel
PUM
"tinc una serp a la bota"

ecs
Tricia Stands
-Cruel
-Popular?! (en quin sentit?)
-Li encanta ser el centre d'atenció
Sí, és clar
TRICIA
D'on reus tots aquests adhesius?
D'Internet
-Té 11 anys
Perfecte

EL SENYOR MCGILLICUDDY

- Li agrada el beisbol
- Acostuma a estar de mala llet

No embruteu, càsum dena!

El Conserge
(senyor McGillicuddy)

- Es cruspeix un entrepà CADA DIA!

Ah, sí? De debò?

Sip!
(ara tinc gana)

Has tingut problemes per fer-li la foto?

#1

EN RIGGS, EL DIRECTOR

-El director de l'Institut de Secundària Horace Greely

-Fa una mica de por (però potser es jubilarà aviat, no?)

-Porta jerseis guapos

EN RIGGS, EL DIRECTOR

(l'amo)

Nyam!

M'han dit que li agraden els vaixells

ecs

ELS KING (la família d'en Zach)
per controlar-los a tots!
La mare té un anell màgic
El pare té un rellotge màgic
divertit
intel·ligent
EL PARE
LA SOPHIE
LA MARE
La Sophie és la germana petita d'en Zach
La Sophie té unes ulleres màgiques

COMENÇA L'AVENTURA...

CAPÍTOL 1

—Només un últim intent, sisplau!

En Zach King estava assegut en una cadira giratòria, abocat sobre un taulell ple d'objectes domèstics aparentment ordinaris: un io-io lluminós, un paraigua vell, una cinta mètrica de set metres i mig, un parell de daus coberts de borrissol i una bola de neu de San Francisco. Algun d'aquells, en Zach n'estava segur, havia de ser el seu objecte màgic. Es va apartar els cabells negres dels ulls i va alçar la mirada cap al seu professor, que casualment també era el seu pare. Eren al soterrani de casa. Els

King vivien en una casa de camp vermella i blanca d'aspecte normal i corrent al final d'un camí privat i d'un llarg caminet d'entrada de graveta ple de malesa. No és que la casa en realitat quedés amagada, però si volies trobar-la, havies de saber on mirar tant sí com no.

Els pares d'en Zach havien convertit el pis de sota en una aula per a en Zach i la seva germana petita, la Sophie. A tots dos els educaven a casa, perquè la seva família no era com la resta, i se suposava que en Zach i la Sophie no havien de créixer com els altres nens, ni tindrien un ofici quan fossin grans. Els King eren màgics. Tota la família: des dels pares fins als tiets, els cosins i els nebots. Pel que semblava, tothom era màgic, tret d'en Zach, que ja tenia onze anys i per molt que ho intentava dia rere dia, encara no havia trobat el seu objecte màgic: el que desentranyaria les seves habilitats màgiques.

El noi va mirar per la finestra corredora amb vistes al jardí de darrere i va veure-hi la seva mare preparant les taules de pícnic per a la gran trobada familiar de l'endemà. En Zach s'havia entestat a esbrinar quin era el seu objecte màgic abans que arribés tota la família.

—No ho sé. —El senyor King va donar un cop d'ull al seu antiquat rellotge de polsera, un rellotge cronòmetre de bronze amb una àguila descolorida al bell mig amb què podia tirar el temps enrere; aquest era precisament l'objecte màgic del seu pare—. Potser hauríem de deixar-ho córrer. Vaig prometre a la mare que l'ajudaria amb els preparatius de la festa de demà.

—Au, va, pare —li va suplicar en Zach—. Un últim intent; és l'únic que et demano.

—D'acord —va dir el senyor King, claudicant. Va sospirar—. Suposo que puc fer temps per a una altra temptativa.

El senyor King va arrufar les celles i, lentament, va fer girar les busques del rellotge. En Zach va notar aquell formigueig estàtic que li era familiar, mentre s'adonava que els núvols a fora canviaven de rumb i retrocedien darrere el sol. El got de suc que s'acabava de beure es va omplir novament. La poma que s'havia cruspit tornava a estar sencera com per art de màgia. El rellotge digital del sistema de TV, vídeo i so va començar a comptar enrere, mentre les busques d'un rellotge de cucut antic giraven en sentit contrari de com ho feien normalment.

Un cucut tallat en fusta batia les ales enrere per sobre del cap d'en Zach abans de tornar-se a ficar al seu rellotge en forma de caseta. I, d'aquesta manera, en Zach i el seu pare van disposar d'uns quants minuts extres per trobar la màgia del noi.

El nano es va fixar en una relluent llanterna platejada i la va treure de la caixa, com qui agafa una espasa esmolada.

—Segur que és això —va dir en Zach, esperançat—. Ho sé!

—Potser sí —va replicar el senyor King—. Prova-ho, si vols.

En Zach va respirar fondo i va encendre la llanterna. Va enfocar tot el que tenia a la vista, desitjant que passés alguna cosa espectacular. No sabia exactament què esperava que fes la llanterna, però havia de tenir algun poder màgic. N'havia de tenir algun!

La va agafar amb força amb totes dues mans. I hi va canalitzar tota la seva energia, tal com els seus pares li havien ensenyat a fer. Es va imaginar que tallaria objectes sòlids, com si fos un làser, i llavors tindria el poder dels raigs X. Tenia tantes ganes que funcionés..., però no va passar res. La llanterna era simplement una llanterna. Il·luminava coses i punt.

—En fi —va dir el senyor King—, ha valgut la pena intentar-ho.

—No, espera! —En Zach va agafar la llanterna encara amb més força fins que les mans li van començar a fer mal—. Dóna-li temps...

El raig de la llanterna va aterrar en una aspiradora que hi havia en un racó i, de sobte, la màquina va cobrar vida fent un bon enrenou i va començar a anar amunt i avall per l'habitació de manera autònoma amb els llums del davant brillant com uns ulls de gat.

En Zach, de sobte animat, va deixar caure la llanterna, que va rebotar a terra.

—Sí! —va exclamar el noi—. Ho sabia! Mira com funciona!

L'aspiradora era un model de luxe construït per un dels oncles d'en Zach, que era una barreja de mag i científic pirat. L'aparell era molt més potent que una aspiradora normal i corrent. La van crear per netejar fins i tot el més perillós dels nyaps màgics. Però mai havia funcionat de manera autònoma.

«Ho estic fent», va pensar en Zach. «Mitjançant la màgia».

—Ho veus o què? —va preguntar al seu pare.

—Ahà —va contestar el senyor King.

Brandant la llanterna com si fos una vareta màgica, en Zach va intentar controlar l'aspiradora autopropulsada, però va pensar que encara no tenia per la mà els seus nous poders.

Total, que la màquina va arremetre contra ell aspirant brutícia, pols i engrunes de patates xips de la moqueta com si estigués morta de gana.

—Atura't! Estop! Uaaa!

—No la puc aturar! —va sentir cridar la seva germana.

—Però què... —va bramar en Zach reculant, i aleshores es va entrebancar tot sol. L'aspiradora el va envestir i se li va empassar els pantalons, que havia enganxat per la vora.

De sobte, el nano jeia a terra de bocaterrosa i en calçotets.

L'aspiradora es va obstruir i va començar a espeternegar, ja que els pantalons li impedien la succió. Finalment

A
B
C

es va apagar amb una espècie de sospir exhaust i una mena de rot que va deixar un núvol de pols.

—Sophie —va dir el senyor King amb fermesa—. Ja n'hi ha prou.

—Què? —va saltar en Zach mentre la seva germaneta apareixia com del no-res darrere l'aspiradora. La Sophie només tenia nou anys i amb prou feines feia la meitat de volum que en Zach, però ja havia trobat la seva màgia. Unes ulleres de color fúcsia li permetien fer-se invisible quan li donava la gana.

—Perdó —es va excusar la nena—. M'he descontrolat.

A en Zach li va caure l'ànima als peus quan es va adonar que la seva germana havia fet anar l'aspiradora tota l'estona.

La llanterna era només una llanterna i en Zach continuava sent un nano normal i corrent.

—No hauries de fer aquestes brometes a en Zach —la va renyar el senyor King.

—Només intentava ajudar —es va excusar ella—. He pensat que tenir una mica més de confiança en ell mateix l'ajudaria a trobar la seva màgia.

—Gràcies —va grunyir en Zach—, però no necessito la teva ajuda. Trobaré la meva màgia ben aviat. Ho intueixo.

—I tant que sí, germanet —li va dir la Sophie fregant-li l'espatlla—. No et rendeixis.

—Gràcies —va fer en Zach. S'estimava la seva germana. Sempre tenia bona intenció i sabia que es preocupava per ell, però de vegades es preguntava si de debò era el germà gran de la família.

—Pare —va dir la Sophie mentre l'home arrencava els pantalons d'cn Zach dc l'aspiradora—, si has d'ajudar la mare a preparar la trobada de demà, puc quedar-me aquí i seguir treballant amb en Zach.

—Estic bé —va dir en Zach arrufant les celles—. Em sembla que necessito un descans de l'ajuda de tothom. —I va llançar la llanterna inútil amb la resta d'objectes descartats.

—Em sap greu, fill. —El senyor King li va donar uns copets a l'espatlla—. Tornarem a practicar després de la trobada. Tan sols has de tenir paciència.

«Per a tu és molt fàcil de dir», va pensar en Zach. La majoria dels King havien trobat la seva màgia de ben petits. A la família, feia molt de temps que no hi havia hagut algú de la seva edat encara sense res.

No podia deixar de preguntar-se si acabaria trobant la seva màgia algun dia... o si potser ja era massa tard per a ell.

CAPÍTOL 2

Tot i que havia vist la seva mare fer màgia un munt de vegades, en Zach no va poder evitar flipar veient com creava una elaborada escultura de gel simplement amb una tasseta d'aigua glaçada. Semblava que els cristallets de gel ballessin fent giragonses i ajuntant-se en càmera lenta, mentre la dona dirigia gràcilment amb la mà dreta un ballet silenciós. Finalment va abaixar l'anell màgic i va assentir, satisfeta, observant el

drac alat de gel que hi havia en aquells moments al bell mig de la taula de pícnic.

Amb la mà al maluc, va preguntar a en Zach què li semblava la seva escultura de gel màgica. Malgrat que tot just feia un metre cinquanta-tres centímetres i amb prou feines hi guipava sense ulleres, en Zach sabia que, pel que feia a la màgia, era la més potent de la família. I amb diferència.

—És genial, mare —li va dir—. Com sempre.

La trobada familiar anual ja estava en dansa a l'espaiós jardí de darrere dels King, que s'havia dissenyat especialment per ser absolutament tranquil i privat, per tal que tothom de la família pogués fer la seva màgia sense por de ser observat pels veïns.

Bé, tothom tret d'en Zach, és clar.

L'únic que podia fer era mirar com els parents donaven un cop de mà amb els preparatius de la trobada de final d'estiu. La tieta Maggie feia servir la seva lupa màgica per convertir un *cupcake* en un pastís de xocolata prou gran per atipar tot el clan. La canalla de la família li deia «Maggie l'Esplèndida». El pare d'en Zach s'encarregava de la barbacoa, fent servir el seu rellotge de polsera per assegurar-se que cada frankfurt i cada hamburguesa es fes exactament el temps precís. La Sophie jugava a fet i amagar amb els més petits. La seva habilitat de fer-se invisible li donava un avantatge absolutament injust, tot i que el seu cosinet, en Marc, va ser capaç de trobar-la fent servir la seva vareta de saurí. L'oncle Herbert encenia torxes de bambú amb un toc de la sivella del cinturó, mentre la tieta Annie treia tota mena d'adornets i foteses per decorar la festa de la seva bossa sense fons.

—Gràcies per plegar tots els tovallons —va dir la senyora King a en Zach, esvalotant-li els cabells—. Ens has sigut de gran ajuda!

En Zach sabia que la seva mare intentava que se sentís útil. A banda de ser capaç de transformar objectes amb el seu anell, la senyora King tenia també la seva «màgia de mare» quan es tractava de cuidar-se dels altres. Tenia un sisè sentit per saber sempre què havia de dir i quan ho havia de dir.

—Cap problema —va replicar en Zach clavant unes puntadetes de peu a terra, perquè no volia que la mare li veiés la decepció a la mirada—. Content d'ajudar...

Un xiulet agut va captar l'atenció de tothom. En Zach es va tombar i va veure l'avi King que passava el dit pel caire d'una copa de cristall. Era un senyor gran molt elegant. Tant li feia l'ocasió: sempre duia corbatí i els pantalons planxats de manera impecable. Quan la família trigava a callar, es ficava dos dits a la boca i xiulava tan fort, que en Zach no es podia imaginar que els veïns no el sentissin.

—Abracadabra, dames i cavallers, fills i filles i família política! Sisplau, fixeu-vos que no tinc res a la màniga..., oi? O sí?

I igual que un mag dels de la vella escola, es va començar a estirar un mocador de seda vermell que no s'acabava mai, i això només va ser el principi del truc. Amb una sacsejada de canell, va transformar el mocador en un parell de cortines de teatre com les que veuries davant de l'escenari abans de començar un espectacle. Era el mateix truc que feia cada any, però no deixava d'al·lucinar en Zach.

—Atenció! Prepareu-vos per al concurs de talents, nois i noies! —va exclamar—. Em moro de ganes de veure com tots vosaltres, jovent, heu progressat des de la nostra darrera trobada l'any passat! Tots recordeu la lliçó més important?

Tots els nanos van prestar-li atenció i van dir alhora sense que ningú els ho apuntés:

—La màgia és més potent si la fas servir correctament.

En Zach es va estremir. Per a ell, la màgia era un truc que no funcionava mai. El concurs de talents era una tradició familiar anual en què se suposava que tota la canalla ensenyava com havien progressat pel que feia a les seves habilitats màgiques.

—No passa res si et vols saltar la part de l'espectacle —li va xiuxiuejar la mare. Sabia que era molt dolorós per a ell no poder participar en el xou—. Potser pots ajudar el teu pare amb la barbacoa.

—No passa res, mare —li va dir—. Tinc un pla.

—Un pla? —va replicar la dona aixecant una cella—. No vull que es repeteixi el que va passar l'any passat, Zachie.

—L'any passat... —En Zach va recordar el daltabaix de l'explosió de l'amanida de patata amb una expressió de dolor—. Allò va ser un error. Aquest any, ja veuràs —va dir el nano somrient d'aquella manera que sabia que la mare no podia resistir, i aleshores va arrencar a córrer per posar en marxa el seu pla.

En Zach tenia una idea brutal que faria que tothom es pensés que progressava amb la màgia igual que la resta de nois i noies de la família. Va agafar una ampolla de mig litre de refresc de gingebre d'una nevereta i va anar a buscar el seu cosí Andrew, a qui va localitzar mirant vídeos divertits pel mòbil. L'Andy tenia més o menys l'edat d'en Zach i sempre estava a punt per al que convingués.

Sí, l'incident de l'amanida de patata de l'any anterior havia fet que els castiguessin durant un mes sencer, però en Zach sabia que això no impediria que el seu cosí li donés un cop de mà. A l'Andy li encantava fer trapelleries; era un crac, atès que el seu objecte màgic —unes ulleres de sol reflectants platejades— estava fet especialment per crear problemes. Llàstima que, com tots els objectes màgics, només li funcionaven al propietari. Les ulleres només feien que les coses es multipliquessin quan ho volia l'Andy.

—Ei, Andy —li va dir en Zach—. Et puc demanar un favor?

—És clar, tio. —L'Andy va deixar el mòbil—. Què et fa falta? —li va preguntar sense la necessitat de saber què tenia al cap.

Els nanos van entrar d'estranquis al garatge de la família King, perquè ningú veiés quina una en duien de cap. En Zach va col·locar l'ampolla del refresc a sobre d'una taula de treball, de manera que es reflectís a les ulleres de l'Andy.

—Només cal això? —li va preguntar l'Andy.

—Tu observa i punt —va contestar el seu cosí.

L'Andy va donar un copet amb el dit a la muntura i els reflexos dobles van saltar de les ulleres i per art de màgia van crear ampolles grans de refresc de gingebre, que l'Andy va entomar abans que s'estavellessin contra el terra. Aleshores va deixar les ampolles noves al taulell, al costat de la primera.

—Força bé, oi? —va dir l'Andy—. Vaig trigar un quant temps a tenir-ho per la mà. Al principi feia còpies de tot el que mirava!

En Zach estava molt impressionat, però alhora tenia força enveja de les habilitats màgiques del seu cosí. No podia culpar l'Andy d'estar cofoi del seu talent. Aquelles habilitats eren bastant al·lucinants, i en el context en qüestió, superútils.

—Perfecte —va dir en Zach—. Ara tornem-ho a fer.

Ràpidament, tres ampolles es van convertir en nou. I nou, en vuitanta-una... i d'aquesta manera van tenir un munt de refresc de gingebre per treballar. En Zach va decidir que ja en tenien prou per dur a terme el seu pla.

—Molt bé —va dir—. Ara passem al segon pas.

Amb cinta adhesiva platejada que havia agafat prestada de la caixa d'eines del seu pare, es va enganxar almenys vint ampolles al tors, als braços i a les cames, totes cap per avall i amb el coll apuntant a terra. Amb molt de compte, va afluixar els taps de les ampolles, però no massa; no volia que «la seva» màgia es posés en marxa abans d'hora.

Com a toc final, es va plantar una parca groga d'una talla prou enorme per camuflar totes aquelles ampolles que portava adherides al cos.

—Molt bé —va dir. El muntatge pesava més del que s'esperava, però no el duria gaire estona—. Em sembla que ja estic a punt per anar cap allà.

L'Andy el va mirar.

—De debò penses que funcionarà?

—Només hi ha una manera d'esbrinar-ho —va contestar-li en Zach enfilant cap a l'escenari del concurs de talents.

Us presentem
EL CONCURS DE TALENTS FAMILIAR ANUAL!
Impressionant! Un gran aplaudiment per a la petita Glinda Kin i el seu espectacular número de les bombolles màgiques!!!
clap
clap
clap
clap
I el nostre PRÒXIM talentós convidat ÉS...
Estàs segur que ets capaç de fer-ho, Zach?
És clar que SÍ!
L'INCREÏBLE ZACH!
Contingut: aprox. 40 litres de beguda gasosa. A punt d'esclatar.

ZACH???
No puc mirar...
...
Dames i cavallers, familiars i amics, observeu meravellats com desafio la llei de la gravetat!
En un tres i no res...
Borbolleig!!
Sacseig!
Borbolleig!!
Sacseig!
...
Brogit...
ZUUUUM!!!
Refresc de gingebre escumós!

SÍ!
Funciona!!!
Però un moment...
Com ho dirigeixo?!?
AAAAAH!!!
AAAAAH!!!
AAAAAAAAARG!!!
ZACH!!

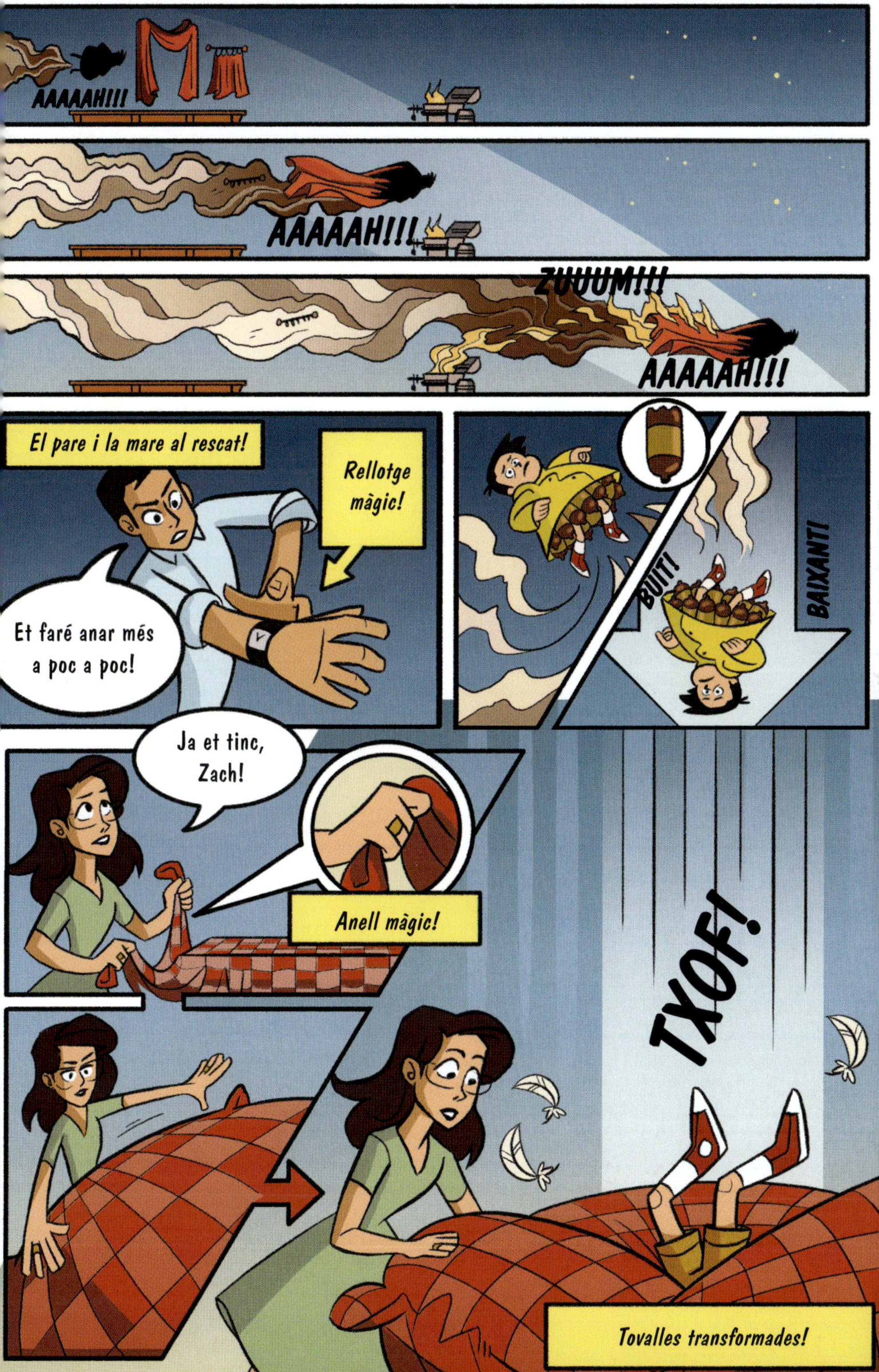
AAAAAH!!!
AAAAAH!!!
ZUUUM!!!
AAAAAH!!!
El pare i la mare al rescat!
Rellotge màgic!
Et faré anar més a poc a poc!
BUIT!
BAIXANT!
Ja et tinc, Zach!
Anell màgic!
TXOF!
Tovalles transformades!

En Zach va caure a les tovalles metamorfosades, que van amortir l'aterratge juntament amb les cinquanta mil ampolles buides que duia adherides al cos. Tot i això, la caiguda el va deixar sense alè, i mentre el recuperava, va observar la multitud de plomes que queien a terra. Però, pel que li semblava, no tenia cap os trencat. Rodolant de manera maldestra, va baixar del monumental coixí i va veure que l'havia espifiada de manera estrepitosa.

Era pitjor del que s'esperava.

Un munt de parents absolutament xops de refresc el miraven horroritzats. Mentre s'eixugaven el refresc dels ulls, l'estructura del teló es va ensorrar i tot l'escenari es va encendre. La tieta Maggie va anar cap allà i va fer servir la seva lupa per convertir un got d'aigua en una cascada. I va apagar les flames... però va inundar el jardí de darrere.

El pícnic era un caos total. El menjar havia quedat absolutament xop i malmès. Tots els nadons ploraven. La canalla, si més no, ho va trobar espectacular. En Jeremy i en Jadon, els bessons i cosins d'en Zach, estaven emocionats per haver tingut l'oportunitat de tastar el refresc de gingebre. La seva mare, la tieta d'en Zach, era partidària de fer una alimentació saludable i mai els deixava beure refrescos. Total, que els nanos pràcticament s'enfilaven per les parets de la pujada sobtada dels nivells de sucre a la sang. I tant el pare com la mare d'en Zach, que eren al costat de l'escenari, en aquells moments estaven calats fins als ossos. En Zach va mirar el seu pare i va somriure. Es va assenyalar el canell, on hi hauria d'haver hagut un rellotge, si en Zach en portés, i va fer un gest en sentit contrari a les agulles. Però el seu pare va fer que no amb el cap. Hi havia massa gent implicada en tot plegat i l'home no s'arriscaria que hi hagués conseqüències no buscades perquè en Zach pogués salvar la pell. No calia que l'hi diguessin, a en Zach, que era més important que aprengués que, amb la màgia, no s'hi podia jugar.

La trobada es va acabar pràcticament abans de començar.

«I tot per culpa meva», va pensar en Zach.

—Llavors... no m'aplaudiu? —va dir amb un fil de veu mentre l'Andy, el seu cosí, el començava a aplaudir. Però, malauradament, va ser l'únic.

CAPÍTOL 3

—El pare i la mare estan parlant de tu a baix —va dir la Sophie a en Zach.

La festa s'havia acabat abans d'hora. No era estrany. Tots els convidats havien marxat cap a casa decebuts i absolutament xops.

En Zach ja s'havia tret tota aquella roba xopa i enganxosa i es preparava per anar a dormir, quan la Sophie va aparèixer com del no-res, per variar. (De vegades, en Zach estava temptat a plantar-li un cascavell per saber quan corria per allà.)

—Els estaves espiant? —li va preguntar.

—*Espiar* és una paraula tan lletja... —va dir la Sophie—. Només he pensat que t'agradaria saber-ho.

I no s'equivocava.

—Vés per l'escala del darrere —li va suggerir. De manera que en Zach va sortir de puntetes de l'habitació i va baixar l'escala sigil·losament, fins que va sentir els pares que xiuxiuejaven a la cuina. I, pel seu to de veu, va tenir clar que es tractava d'una «xerrada greu».

—Hem de ser realistes —va dir el pare—. Potser en Zach no és màgic.

A en Zach li va fer un salt el cor. Sabia que allò era una possibilitat. La màgia era una característica de la família. Passava de generació en generació juntament amb els cabells negres i els ulls marrons, però de tant en tant «se saltava» algú.

Feia anys, fins i tot generacions, que aquest fet tan espantós no havia passat i aquesta era la primera vegada que en Zach en sentia a parlar. Realment seria el següent? Se l'havien saltat? No passava sovint, tot i que sí de tant en tant.

Però a ell? En Zach no s'ho volia creure.

—No ho podem saber del cert —va apuntar la mare—. És molt jove. Potser encara troba la seva màgia.

—Podem tenir esperances —va coincidir el senyor King—. Però mentrestant no té cap sentit que el continuem educant a casa. S'està frustrant i està prenent decisions errònies. És massa pressió per a ell. Arribats a aquest punt, em sap greu dir-ho, però em sembla que valdria més que anés a una escola normal... com altres nanos de la seva edat.

«Com els nanos que no tenen màgia», va pensar en Zach. «Això és el que vol dir».

Tota la canalla de la família King estudiava a casa. Havien de practicar i perfeccionar els seus poders. Els mags que no controlaven la seva màgia eren un perill per a ells mateixos i per al seu entorn. La Sophie havia estudiat a casa tota la vida... i en Zach també, fins llavors.

—Suposo que tens raó —va replicar la senyora King amb recança—. Pel que sembla, ser a casa no li va gaire bé, i sempre el podem treure de l'escola si acaba trobant el seu objecte màgic.

—Exactament —va dir el seu pare—, però davant la

possibilitat remota que realment no tingui màgia, ha d'aprendre a espavilar-se sense, tal com fa la gent normal.

En Zach no es podia creure el que sentia: els seus pares havien perdut qualsevol esperança!

—És el millor per a ell —va afegir el pare sospirant—. Si esperem gaire temps més, no sabrà mai com ser normal.

—Sé que ho ha tingut complicat —va dir la mare mentre es treia les ulleres i en netejava els vidres. En Zach sabia que feia això quan intentava reprimir les llàgrimes—. Potser estarà bé entre els nois que no són màgics. Potser hi farà amics.

«No!», va pensar en Zach. «Jo vull encaixar amb la meva família, no amb estranys!».

—Doncs decidit. —El senyor King va donar un cop d'ull a un calendari que hi havia penjat a la paret—. Les classes comencen dilluns. Si ens afanyem, l'hi podem inscriure ja.

Pel to de veu dels seus pares, en Zach sabia que ja havien pres la decisió. I després del daltabaix de la trobada familiar, no se li va acudir cap idea genial per fer-los canviar d'opinió. Intentant estar al nivell de la família, només els havia demostrat que no era com ells en absolut. No ho podia negar de cap manera.

Aniria a l'institut com qualsevol nano normal i corrent, li agradés o no!

CAPÍTOL 4

—Afanya't, Zach —li va dir la mare—. No deus voler arribar tard el teu primer dia, oi?

Començava el curs a l'Institut de Secundària Horace Greeley i en Zach estava molt trist. És clar que, en part, tenia certa curiositat i estava motivat amb allò de fer amics, però odiava —odiava!— que tot això fos perquè encara no havia trobat la seva màgia. Anar a l'escola convencional era com admetre que mai es podria convertir en un gran mag, i ell estava disposat a demostrar als seus pares que estaven equivocats en aquest sentit.

—No et preocupis per fer tard a l'institut —va dir el senyor King manipulant el rellotge—. Pren-te tot el temps que necessitis... Però no t'hi acostumis.

El pare d'en Zach en general pensava que revertir el temps massa sovint evitava que la gent aprengués dels seus propis errors, però aquell dia va fer una mica els ulls grossos. En Zach es va adonar que els seus pares se sentien malament per haver-lo d'enviar a l'institut.

—Estàs segur que no vols que t'hi acompanyem amb el cotxe? —li va preguntar el pare.

—I tant —va respondre en Zach—. Si hi he d'anar, val més que m'acostumi a agafar l'autobús.

—Ai, gairebé me n'oblidava —li va dir la mare—. T'he comprat un regal per al primer dia de classe!

I es va treure un còmic de l'esquena. Era el darrer número de *Pumpkin Zombies*, el seu còmic favorit. En Zach va allargar la mà per agafar-lo.

—Gràcies, mare!

—Espera! Que encara no he acabat.

El seu anell màgic va guspirejar i el còmic es va expandir i plegar davant de la mirada d'en Zach, i es va convertir en una motxilla de *Pumpkin Zombies* única i exclusiva!

—Té! —li va dir—. Ara ja estàs a punt!

En Zach havia d'admetre que la motxilla era força guapa. Se la va penjar i va sortir per la porta.

«Suposo que ja no ho puc posposar més», va pensar. «Som-hi, doncs».

Era al final del camí d'entrada quan es va adonar que alguna cosa —o algú— l'havia seguit fins a la parada de l'autobús. Es va aturar en sec... i aquell algú se li va encastar a l'esquena.

—Ho sabia! —va exclamar—. On et penses que vas?

De sobte, la Sophie se li va materialitzar al darrere, ajustant-se les ulleres màgiques per tornar a fer-se visible.

—A l'institut amb tu, és clar —va dir—. He pensat

que et vigilaria. Necessitaràs tota l'ajuda que puguis aconseguir.

—Ni de conya! —En Zach li va fer fer mitja volta i la va empènyer delicadament cap a casa—. Si ho he de fer, ho faré tot sol. Si necessito ajuda de la meva germaneta, ja te n'informaré!

—Però... —va començar ella.

—Ni peròs ni històries! —va dir en Zach amb fermesa quan va arribar l'autobús—. Només és el maleït institut. Què vols que vagi malament?

CAPÍTOL 5

Les primeres classes van passar sense pena ni glòria. Era el primer dia per a tothom, però la majoria dels alumnes ja es coneixien. Estaven tan ocupats posant-se al dia del que havien fet a l'estiu i comparant els horaris de classes que, pel que semblava, ningú s'havia adonat de l'existència d'en Zach. Però l'hora del dinar a la cafeteria de l'institut era tot un món nou per a ell. Fins a aquell dia, el dinar no passava de ser un entrepà ràpid a la cuina entre classes de màgia. Gairebé tot el que coneixia de l'hora del dinar a les cafeteries dels instituts ho havia vist a la tele.

I no cal dir que estava escagarrinat.

«On es deuen asseure els guais?», va pensar en Zach. «I on hauria de seure jo?».

Tot de nanos amb safates de plàstic feien cua per al menjar calent, mentre una renglera de màquines expenedores oferien un variat assortiment de begudes i snacks. En Zach es va agafar un Gatorade abans d'arribar a la cua. Tenia curiositat per esbrinar si el menjar de la cafeteria era tan dolent com havia sentit a dir. Al menú d'aquell dia hi havia alguna cosa anomenada poti-poti de mongetes amb sorpresa. En Zach no es podia ni imaginar quina podia ser la «sorpresa», però una part d'ell secretament esperava que fos alguna cosa realment repugnant.

Volia odiar tota l'experiència de l'escola pública, els *burritos* fastigosos i tot plegat.

Una noia rossa bastant guapa amb una samarreta i uns pantalons de marca que semblaven estripats per un professional anava cap a ell amb una safata buida. Al principi va pensar que potser el volia saludar. Potser seria la primera persona que es mostraria simpàtica amb ell.

En Zach repassava el que els pares li havien dit que digués, si algú s'adonava que era nou i li preguntava d'on era. Però fins i tot abans que pogués començar a explicar que la família havia viscut a Nova Zelanda, la noia el va envestir amb la safata, de manera que tota la part del davant de la seva dessuadora blava preferida va quedar ben empastifada de quètxup.

—Ups! —va fer la noia amb un somriure sorneguer.

Una colla de noies que hi havia per allà a prop van deixar anar unes rialletes mentre l'assenyalaven. En Zach de seguida es va adonar que es burlaven d'ell, no de la rossa, que els va dedicar un somriure d'orella a orella.

—Molt bé, Tricia —va dir una de les noies.

—Què vols que et digui? —La Tricia va arronsar les espatlles. En Zach va notar que s'aguantava el riure—. Ni tan sols m'he adonat que hi era.

—Per què ho has fet? —li va preguntar en Zach en veure que ho havia fet expressament. Era molt evident que havia ruixat amb quètxup tota la safata i l'havia envestit amb tota la intenció.

Mentre la noia xocava les mans amb les amigues, va sentir una veu amable darrere seu.

—Em sap greu, tio. T'han pringat de quètxup.

En Zach es va tombar i va veure un nano rodanxó més o menys de la seva edat que feia cua darrere seu. Duia una samarreta de *Pumpkin Zombies* superguapa, i tenia uns cabells castanys embullats que necessitaven desesperadament una pentinadeta.

—Però... però per què? —va preguntar en Zach.

—És la Tricia Stands —li va respondre el noi—. Fa el que li dóna la...

Però abans que pogués acabar la frase, una altra noia va topar amb ell per darrere i li va empastifar tota la samarreta de mostassa.

—Ho sento, Aaron —va dir la noia amb pinta de no sentir-ho gens—. Però és que el color groc fa taaant per tu... —I es va tombar cap a la Tricia i les seves amigues—. No us ho sembla, noies?

—Absolutament —va respondre la Tricia fent xocar la mà amb la noia de la mostassa—. No pots prendre quètxup sense una mica de mostassa.

—Algú té maionesa? —va preguntar una tercera noia.

En Zach ho va entendre al moment. Eren noies cruels.

Abusananos amb faldilles. N'havia vist a les pel·lis, però mai havia pensat que se'n toparia una colla a la vida real.

«Quina sort que tinc», va pensar.

—Què coi! —va protestar en Zach—. Des de quan es fa això de pringar la gent amb quètxup sense cap motiu?

—No n'hi ha per a tant, tio —va dir l'Aaron arronsant les espatlles—. Sempre tinc una samarreta extra a l'armariet per a quan em passa una cosa d'aquestes.

—Espera un moment! Vols dir que aquestes coses passen sovint?

—No sóc exactament allò que podries anomenar *popular* —va admetre l'Aaron.

I en Zach es va adonar que el noi estava acostumat que es passessin amb ell cada dia. La Tricia i les altres noies no el deixaven en pau. Feia aquella mena d'expressió d'abatiment que en Zach interpretava com «així és com funciona». Havia acceptat l'assetjament com la crua realitat, per a en Zach el va sorprendre com l'emprenyava, això. L'Aaron era la primera persona que li havia dit unes paraules agradables en tot el dia, i en

E GREELEY
LE SCHOOL

aquell instant mateix va decidir que li donaria suport passés el que passés.

Aleshores, la Tricia es va plantar darrere l'Aaron i li va pispar dissimuladament la videocàmera compacta de la butxaca.

—No et fa res que te l'agafi prestada, oi? —I va començar a gravar els nois amb les samarretes fetes un nyap, captant la vergonya que passaven directament en HD—. Diguéssim que potser ho podries penjar al teu ridícul canal de YouTube, Aaron. Creu-me, és molt més graciós que els teus vídeos de gats lamentables.

En Zach ja n'havia tingut prou. Va fer un glop ràpid del Gatorade, es va eixugar la boca amb la màniga, va llençar l'ampolla al contenidor de reciclatge i es va plantar entre la Tricia i l'Aaron.

—Para ja! —va dir—. I torna-li això!

Aleshores es va abalançar cap a la Tricia amb la intenció d'arrabassar-li la càmera robada, però la noia de la mostassa li va plantar la cama al davant i el va fer entrebancar.

Total, que va anar directament cap a la màquina expenedora.

«Oh-oh», va pensar. «Això em farà mal!».

Però en lloc d'encastar-se al frontal de vidre, el va travessar!

De sobte anava disparat cap a la màquina i, al cap d'un segon, era a dins entre totes aquelles bosses de snacks. Tot havia passat tan de pressa, que no tenia ni idea de com havia anat a parar allà.

Tret de... per art de màgia?

N'hauria estat encantat de la vida si no hagués sigut per un petit detall: la major part de la roba li havia quedat a l'altra banda del vidre. O sigui que estava atrapat a l'interior de la màquina sense res més que els seus calçotets de color vermell llampant!

Crits ofegats de sorpresa es barrejaven amb rialles mentre la Tricia, les seves amigues i una colla massa nombrosa de xavals miraven bocabadats en Zach assenyalant-lo i rient.

«Caram, quina primera impressió!», va pensar en Zach.

L'Aaron va córrer a rescatar-lo; bé, més o menys. Es va situar entre la màquina expenedora i tota la gent, per intentar impedir que veiessin en Zach. Uns quants nanos el van esbroncar per fastiguejar-los la gresca, però en Zach li va agrair l'ajuda. Era evident que l'Aaron era un bon xaval.

—Gràcies, tio! —li va cridar en Zach a través de la pantalla de vidre—. Em sento un pèl sobreexposat aquí dins!

—Cap problema! —L'Aaron no es va moure del davant de la màquina—. Però... què ha passat? Com hi has anat a parar, aquí dins?

«Bona pregunta», va pensar en Zach. Per vergonyós que fos estar allà dintre de la màquina en calçotets, estava entusiasmat d'haver fet màgia. Si tan sols pogués esbrinar com ho havia aconseguit...!

En Zach va respirar fondo i es va imaginar travessant el vidre igual que un fantasma travessaria una paret. Havia de sortir d'allà abans que la situació empitjorés.

—Compte —va advertir a l'Aaron—, que vinc...

PAM!

No es podia moure gaire; només el cap, de fet. De manera que va colpejar el vidre amb el front tan fort com va poder. Però no va passar res. El vidre va continuar perfectament a lloc, i el seu cos, perfectament atrapat. Ho va tornar a provar amb més cautela, aquesta vegada, però novament res de res. El vidre el tenia atrapat, com li passaria a qualsevol que estigués a dins d'una màquina expenedora.

Se li va posar la pell de gallina i li van roncar els budells, recordant-li que encara no havia dinat.

Però la cosa era que estava atrapat en una màquina expenedora.

«En fi...», va pensar. «Almenys, segur que no passaré gana».

En Riggs, el director del centre, feia trenta-cinc anys que treballava a l'Institut de Secundària Horace Greeley i només li faltava un any per jubilar-se. Ell i la senyora Riggs, la seva esposa, s'havien comprat un habitatge a Boca Verde, Florida. Era una caseta davant del mar. La comunitat tenia una casa club amb una piscina i hi havia un port públic, on el director pensava amarrar la barqueta de pesca per a la qual havia estat estalviant. Mai havia sigut un gran pescador, però estava ben decidit a posar-s'hi tan bon punt es jubilés. Li agradava la idea de tenir un *hobby* que implicava principalment asseure's sense fer res. Però en aquells moments el seu únic objectiu era arribar al juny sense que hi hagués cap problema. Passat aquell mes, l'home havia jurat que mai més trepitjaria un institut.

De manera que l'últim que li interessava el primer dia del seu darrer curs d'institut era que hi hagués un daltabaix a la cafeteria.

—Ja hi ha problemes? —va remugar l'home arrufant les celles—. Però si amb prou feines som a l'hora de dinar!

La Tricia Stands i la seva camarilla es van escapolir pel costat del director quan l'home entrava decidit a la cafeteria, disposat a enfrontar-se a qualsevol eventualitat, des d'una lluita de bocins de menjar fins a un noi vomitant *burritos* de mongetes seques.

El senyor Riggs va pensar que ja ho havia vist tot i més i estava preparat per aturar immediatament qualsevol problema amb què topés.

Però el que es va trobar va ser un nano de primer en calçotets atrapat en una màquina expenedora. El noi s'estava atipant de galetes salades i ganxets amb formatge mentre un altre xaval li intentava passar la roba desesperadament mirant d'entaforar-la per l'orifici de sota. Al seu costat, a terra, hi havia una càmera de vídeo compacta.

Al director li va caure l'ànima als peus. I li va pujar la pressió.

—Però què redimonis...?!

PUS

CAPÍTOL 6

—Gràcies per venir tan de pressa —va dir en Riggs, el director, als pares d'en Zach, mentre obria la finestra una escletxa—. Va bé que entri una mica d'aire. Trobo que la brisa fresca ajuda que tothom es calmi.

En Zach no s'esperava acabar al despatx del director el primer dia de classe, però allà era juntament amb els seus pares, l'Aaron i els pares de l'Aaron. El xaval s'havia tornat a vestir. La dessuadora encara li feia pudor de quètxup i se sentia un pèl tocat per haver-se cruspit tots aquells ganxets. Es preguntava si els seus pares ja s'estaven començant a penedir d'haver-lo enviat a l'escola pública.

Les coses no havien començat bé.

—Aquest és un assumpte molt greu —va dir el director en un to més de cansat que no pas de disgustat—. El conserge ha hagut de trencar el frontal de vidre per poder treure en Zach de la màquina, i aleshores hi ha el tema de tots els snacks que s'ha cruspit sense pagar-los.

L'Aaron es va treure un tub de cola d'impacte de la butxaca.

—Si ens deixen, crec que en Zach i jo podrem tornar a enganxar el frontal de vidre —va proposar.

Però cap dels adults es va prendre l'oferta seriosament.

—La veritat és que encara estic confós —va dir el pare de l'Aaron—. Què ha passat exactament? Com ha acabat en Zach a dins la màquina?

En Zach es va mossegar la llengua. Es moria de ganes de dir als seus pares que havia fet màgia, però no podia deixar-ho anar davant del director i dels pares de l'Aaron. Això trencaria la primera norma de la família: la màgia s'havia de mantenir en secret. De manera que no va tenir cap altre remei que mantenir la boca tancada i deixar que en Riggs arribés a les seves conclusions.

—Saben que els silurs són peixos d'aigua dolça? —va preguntar el director. Tots el van mirar confosos, però l'home no va esperar que li contestessin—. Si els vols capturar, t'has de llevar ben d'hora. I no pots fer servir esquer fals. Els silurs noten la diferència —va afegir. Els pares d'en Zach i de l'Aaron van quedar en silenci assumint que el director tenia la intenció de desenvolupar l'argument, però l'home de sobte va callar i es va quedar encantat mirant per la finestra durant ben bé un minut, sense afegir ni una paraula.

—Aleshores ens està dient que en Zach és com un silur? —va preguntar el pare d'en Zach amb cautela.

—Un silur? No. No sigui ridícul. Miri, no sé com s'ho ha fet per entaforar-se dins la màquina i, francament, m'importa un rave. Al meu institut tenim tolerància zero per a les bromes, les bretolades o qualsevol mena de bajanada. Les accions tenen conseqüències i, per haver trencat la màquina expenedora, en Zach i l'Aaron estaran castigats tot el dissabte. Duran a terme tasques de manteniment per pagar les reparacions i aprendre la lliçó. Entesos?

En Zach i l'Aaron van assentir.

«Castigat? Tot el dissabte a fer punyetes!», va pensar en Zach. Però, malgrat tot, havia fet màgia, o almenys s'ho pensava. No ho tenia clar del tot. Però potser n'hi hauria prou per convèncer els pares perquè el tornessin a escolaritzar a casa?

Potser el seu primer dia d'institut seria també l'últim.

«Després del dia que he tingut», va pensar en Zach, «no em faria pas res».

—No tan de pressa —va dir el senyor King al cotxe quan tornaven cap a casa—. Estàs segur que ha sigut màgia?

Estaven tots tres sols al cotxe i ningú més els escoltava; per tant, en aquell moment en Zach podia parlar amb tota llibertat.

—Segur! —va respondre impostant un to fanfarró—. He travessat el vidre com si no hi fos... sense ni tan sols esquerdar-lo.

—Que emocionant! —va exclamar la mare—. Aleshores, quin és el teu objecte màgic?

—Mmm... no ho sé exactament.

En realitat, en Zach encara no tenia clar com havia travessat el vidre. Només sabia que ho havia fet. Això era el que importava!

—Bé, tot i això, tenim prou motius per celebrar-ho —va dir la seva mare—. Per què no ens aturem a comprar una mica de gelat de camí cap a casa?

En Zach s'alegrava que els seus pares no estiguessin enfadats amb ell per haver-se ficat en problemes a l'institut. Potser no sabien ben bé de què anava allò del càstig, tampoc? Tot allò de l'escola pública era nou per a tots plegats.

—Molt bé —va dir el senyor King—, voto pel de menta amb trossets de xocolata.

Va aparcar davant d'una botiga petita que estava sempre oberta i van enfilar cap a la secció de congelats que hi havia al fons de tot. Les portes de vidre van temptar en Zach a tornar a provar el seu truc. Va mirar per sobre de l'espatlla per assegurar-se que l'avorrida caixera de la part del davant de l'establiment no l'estigués mirant.

—Mare, pare —va dir—, mireu això! Màgia!

Abans que el poguessin aturar, en Zach va fer exactament el que havia fet algunes hores abans. Es va abalançar cap a un congelador i va saltar per anar a topar contra el vidre.

PAM!

Va impactar de cara contra la porta i va rebotar de cul a terra, on va quedar estès.

—Servei de neteja, vagi al passadís sis, sisplau —va dir la caixera per megafonia—. Tenim un altre babau estès a terra.

En Zach jeia mig grogui preguntant-se per què no podia fer el truc una altra vegada. Els seus pares van córrer cap a ell.

—A l'insti m'ha funcionat —va insistir—. Us ho prometo!

—És curiós —va admetre el senyor King mentre ajudava el seu fill a aixecar-se i un altre empleat venia amb un pal de fregar i una galleda, i llavors semblava decebut en veure que no calia fer-los servir—. Però si no has esbrinat com funciona la teva màgia o quin és el teu objecte màgic, no podem fer que tornis a estudiar a casa.

En Zach sabia el que allò significava: l'endemà tornaria a l'institut.

«Ostres», va pensar. «Me'n moro de ganes».

CAPÍTOL 7

En Zach es va plantejar molt seriosament fer campana de classe l'endemà. Després del daltabaix de la màquina expenedora, no li venia gens de gust tornar a treure el nas a l'Institut de Secundària Horace Greeley. La Tricia Stands i la seva colla d'impresentables, juntament amb la resta de l'alumnat, ja el devien esperar per riure-se'n.

«Quina llàstima que no em pugui fer invisible», va pensar en Zach. «Però les ulleres de la Sophie només li funcionen a ella».

Esperant el pitjor mentre empenyia la porta principal

de l'institut, va quedar descol·locat quan un xaval que no coneixia de res li va xocar la mà mentre deia:

—Molt bé, tio!

—Superguapo! —s'hi va afegir un altre—. He compartit el vídeo amb tots els meus col·legues!

—No podia deixar de mirar-lo! —va dir una noia de cabells castanys arrissats que duia una samarreta del Justin Belieber—. Va ser tan divertit...!

Potser el confonien amb algú altre? O accidentalment havia anat a parar a un món paral·lel on era un tio guai? En Zach va parpellejar dues vegades i es va fregar els ulls. Si s'havia de despertar d'aquell somni, volia fer-ho abans que es convertís en un malson. Encara mirava d'esbrinar què passava, quan l'Aaron va córrer cap a ell somrient d'orella a orella, com si li acabés de tocar la loteria.

—Goita'l! —va exclamar—. És increïble, oi?

—Increïble? El què? —va preguntar en Zach, absolutament desconcertat.

—No ho saps? —L'Aaron se'l va quedar mirant, sorprès—. Ens hem fet virals! —I li va passar el mòbil—. Mira!

En Zach es va quedar bocabadat mirant el vídeo en què es veia com travessava el vidre de la màquina expenedora com per art de màgia i la roba queia en una pila a l'altra banda. Amb uns efectes de so estúpids que encara el feien semblar més ridícul.

—Ja té més de quinze mil reproduccions —va dir l'Aaron amb entusiasme, com si allò fos una cosa bona—. Ho està petant a Internet. Fins i tot ets més popular que el buldog aquell que fa parapent!

—Un moment! —En Zach va recordar la Tricia gravant-los amb la càmera de l'Aaron, de la qual es va desfer tan bon punt va aparèixer el director—. Ho has penjat a Internet?

—Bé, vaig haver d'editar-lo força primer —va explicar l'Aaron—. Vaig afegir-hi els efectes sonors de quan colpeges coses i vaig haver de netejar l'àudio i els reflexos òptics una mica, però va quedar de conya.

—Però, tio —va remugar en Zach. No estava segur de com dir a l'Aaron que la seva màgia, si això era el que havia sigut, havia de mantenir-se en secret per no revelar que pertanyia a una família màgica—. No vull que tothom em pregunti com ho vaig fer. Si ni tan sols ho sé.

—No et preocupis, Zach. Es pensen que tot plegat són efectes especials. —L'Aaron es va arronsar d'espatlles—. Aquesta és la màgia d'Internet; fins i tot una cosa completament real pot semblar completament falsa. Sobretot si fas servir els efectes especials adients —va afegir mentre el vídeo repetia l'escena de la roba d'en Zach caient a terra, acompanyada d'un soroll estrany com de succió.

A en Zach li van venir nàusees. Esperava que l'Aaron tingués raó, que tothom pensés que el truc no era més que una edició guapa, però tot i això no li agradava que l'haguessin gravat fent màgia. Si els seus pares se n'assebentaven, tindria un bon problema.

—Això no pot estar passant —va remugar.

L'Aaron el va mirar, confós.

—Tio, quin problema hi ha? Ets famós!

—És massa tard per retirar el vídeo? —va preguntar en Zach a l'Aaron, quan algú li va donar un copet a l'espatlla.

—Perdona —va dir una veu darrere d'ell.

En Zach es va tombar... i es va trobar mirant la noia més guapa que havia vist mai. Tenia uns cabells castanys llargs i uns ullassos marrons increïbles. I anava amb una samarreta, uns texans estripats i unes botes camperes gastades que la feien destacar d'aquelles addictes a la moda de pa sucat amb oli, com ara la Tricia i la camarilla d'impresentables que l'acompanyava sempre.

—Disculpa que t'interrompi —va dir-li—, però ets el noi d'aquell vídeo, oi? El de la màquina expenedora?

—Mmm... daixò... bé... —De sobte, en Zach es va oblidar de què eren les paraules. Es va notar la llengua com un gall dindi ballant claqué—. Vull dir, dallò...

—Sí, és ell —va intervenir l'Aaron—. En Zach, el del vídeo.

—Encantada de coneixe't, Zach-el-del-vídeo. —I li va allargar la mà—. Em dic Rachel i et volia dir que el truc va ser increïble... i superdivertit, també. Un vídeo guapo. Molt guapo.

—Mmm... gràcies. —Finalment, en Zach va aconseguir piular—. M'alegro que t'agradés.

Va sonar el timbre perquè els alumnes anessin cap a les classes.

—Oh-oh. M'he d'afanyar —va dir la Rachel—. Ja ens veurem per aquí, Zach. I amb tu també, Aaron.

En Zach es va quedar mirant com la noia corria cap a l'aula, mentre l'Aaron li estirava el braç.

—Quin és el problema? —li va preguntar l'Aaron com si no hagués passat res; com si la noia més guapa del món no li hagués acabat de dir a en Zach que era «molt guai»—. Semblaves un pèl escagarrinat abans.

—No hi ha cap problema —va respondre en Zach somrient, i es va penjar la motxilla a l'espatlla—. Cap problema en absolut.

Potser l'institut no li aniria tan malament, al capdavall?

CAPÍTOL 8

—Michael! —va cridar l'Aaron al seu gat—. Vigila amb la cua!

El molsut gat tigrat gris va saltar de l'ampit de la finestra i va tombar un llum d'allà a prop, que s'hauria estampat al terra de l'habitació de l'Aaron si no fos perquè el noi el va entomar uns centímetres abans.

—Ufff... Ha anat de ben poc —va dir a en Zach mentre tornava a col·locar el llum a la tauleta de nit—. Ja veus per què sempre porto cola d'impacte a sobre. No saps mai quan la pots necessitar. —L'Aaron es va inclinar per acariciar el gat, que en aquell moment se li refregava contra les cames—. Michael, estàs fet un trapella de campionat. Tenim companyia, així que mira de comportar-te!

—Mèèèu! —va fer el gat.

L'Aaron havia convidat en Zach a casa seva a la sortida de l'institut. En poc temps s'havien fet inseparables i en Zach no podia negar que finalment era genial tenir un amic de debò, algú amb qui parlar que no fossin la seva germana o els seus pares.

—Aquest és el gat dels teus vídeos, oi? —En Zach va donar una ullada a l'habitació de l'Aaron. Tot de pòsters de pel·lícula decoraven les parets i hi havia un munt de joguines de gat escampades per terra—. Els que m'has ensenyat a l'insti.

—Sip —va respondre l'Aaron—. Però oblida't d'aquells vídeos de mo-

ment... No t'ho prenguis malament, Michael. No són ni la meitat de populars que el teu a l'interior de la màquina expenedora.

—Quantes reproduccions se n'han fet, de moment? —va preguntar en Zach, tot i que li feia una mica de por sentir la resposta.

—Gairebé vint-i-cinc mil! N'hem de gravar més, Zach. Hem de mantenir aquesta dinàmica. I si ho fem, tio, necessito saber com t'ho vas muntar per entaforar-te en aquella màquina expenedora.

—Tant de bo ho sabés! —va replicar en Zach.

—No havies fet conxorxa amb la Tricia, oi? La veig molt capaç. La paia és diabòlica, superdiabòlica. La conec des de l'escola bressol i em sembla que mai a la vida m'ha dit res agradable. Saps que ella sola em va fastiguejar l'aniversari l'any passat?

—Com? —va preguntar-li en Zach.

—Doncs va dir a tothom que seria molt divertit que no hi vingués ningú.

—I per què hauria de fer una cosa així?

—Com t'he dit, tio, és diabòlica, tio. Superdiabòlica. Busca *diabòlica* al diccionari i hi trobaràs una foto seva.

—Ei, doncs et juro que ella no va tenir res a veure amb el que va passar amb la màquina expenedora..., fos el que fos! —va insistir en Zach—. Simplement va passar... i punt.

—Ja... és clar... És el que li vaig dir a la mare quan el Michael es va carregar tota una caixa d'ornaments de Nadal. Au va, si hem de ser amics íntims, m'ho has de dir.

—Amics íntims? —va saltar en Zach. Només feia un parell de dies que coneixia l'Aaron.

—És massa aviat? —li va preguntar l'Aaron.

En Zach va vacil·lar.

—No, amics íntims... M'agrada. Ho tinc claríssim.

—Aleshores —va dir l'Aaron—, confessa.

—Mira, de debò, no em creuries si t'ho expliqués...

—I tant que sí... —el va animar l'altre fregant-se les mans.

En Zach va donar un cop d'ull al seu voltant com si li fes por que hi hagués algú escoltant, tot i que sentia els pares de l'Aaron traginant pel pis de sota. Va recórrer l'habitació agitant els braços estesos, cosa que va alarmar el Michael. L'espantadís gat va saltar als braços de l'Aaron i se li va enfilar a les espatlles clavant-li les esmolades urpes a cada pas.

—Només m'assegurava que estiguéssim sols —va dir en Zach. Per sort, no hi havia rastre de la Sophie a l'habitació—. M'has de creure.

—Ara som íntims, i et crec —li va dir l'Aaron—. Però no estàs pirat, oi? Vull dir: si ho estàs, mola. Podem ser íntims igualment, però és millor si ho sé d'entrada.

—El tema és aquest... —En Zach va tancar la porta de l'habitació i va abaixar el to de veu—. Allò no va ser cap truc. Va ser màgia. Màgia de debò.

—Aleshores estàs pirat.

—No ho estic —va insistir en Zach.

—Màgia de debò —va repetir l'Aaron—. Tot allò de l'abracadabra i tal?

—Així n'has sentit a parlar? —li va preguntar en Zach, sorprès que conegués la paraula secreta.

—Tio, para de fer conya.

—Que no faig conya. Tota la meva família és màgica.

—Llavors quin és el teu poder? —li va preguntar l'Aaron.

—Encara no sabem quina és la meva màgia. Per això

vaig a l'escola normal. Els meus pares es pensen que potser sóc una excepció a la família, però crec que tot allò de la màquina expenedora és la prova que de debò sóc màgic, tot i que no tinc ni idea de com m'ho vaig fer.

—Però per què m'expliques tot això, tio?

—Perquè m'ho has preguntat —li va etzibar en Zach.

—Mira, si no em vols dir com funciona el teu truc, guai; però no cal que t'inventis aquesta història ridícula que la teva família sou bruixots.

—Mags —el va corregir en Zach—. No som bruixots, que desagradable... I no és cap història. És la veritat!

L'Aaron va clavar la mirada a en Zach una bona estona i es va adonar que, malgrat tot, el creia. Sí, potser estava pirat, i què? Feia molt de temps que l'Aaron no tenia un amic íntim de veritat. «Si es pensa que és un mag, quin mal hi ha realment?».

—D'acord. Suposo que no cal que entengui com funciona la teva màgia per fer-la servir en altres vídeos.

—Més vídeos màgics?

—És clar! Ara no ens podem aturar. A tothom de l'insti li ha encantat aquest que hem fet. És la nostra oportunitat per convertir-nos en populars. Ja ho vas veure.

Pensa només en com triomfarem quan la gent vegi el teu pròxim truc!

A en Zach li va canviar la cara.

—Això pot ser un problema.

—Per què?

—Si he de ser sincer —va dir en Zach—, no estic segur de saber fer-ne cap més.

CAPÍTOL 9

El càstig de dissabte va ser un pal, tal com en Zach s'esperava. En comptes de jugar a videojocs, a bàsquet i d'anar al cine, en Zach i l'Aaron eren a l'institut fregant el terra de la cafeteria i de la cuina, que estava tan enllardat que en Zach es va plantejar no menjar-hi mai més. Els va costar molt treure-hi tot el menjar incrustat i les petjades de fang. A més, les taques seques de quètxup i de mostassa a les rajoles li recordaven com la Tricia i les impresentables de les seves amigues s'havien passat amb l'Aaron i amb ell feia uns quants dies.

—Això és una merda —va protestar l'Aaron—. Si mai faig una llista de les coses més avorrides per fer un dissabte, recorda'm que hi posi netejar la cafeteria de l'institut en el primer lloc.

—I en el segon?

—Diria que enganxar cinquanta mil adorns de Nadal trencats amb cola d'impacte.

—Ei, mira què he trobat. —En Zach va estirar una bufanda que hi havia sota una taula feta un nyap—. Li deu haver caigut a algú a l'hora de dinar.

—Porta-la a objectes perduts —li va dir el conserge de l'institut en un to aspre. El senyor McGillicuddy va alçar la mirada de la revista que llegia mentre «supervisava» en Zach i l'Aaron. I va assenyalar cap al passadís—. Al soterrani... per allà.

—D'acord. —En Zach va fer un gest amb el cap a l'Aaron—. Torno de seguida.

Com que encara no s'havia familiaritzat amb l'edifici, en Zach es va desorientar una mica abans de localitzar l'escala al fons d'un passadís llarg i desert. Va enfilar escala avall cap al soterrani, que estava ple de pols, molt poc il·luminat i, francament, era una mica sinistre. Bombetes despullades projectaven ombres allargades a les parets, mentre la caldera rebufava com un drac roncant.

En Zach va trobar el recambró dels objectes perduts al final d'un passadís llarg i humit. A jutjar per les teranyines que hi havia, la majoria dels objectes es podien considerar ben bé perduts. Es va aturar un moment a inspeccionar articles oblidats des de feia molts anys, que ningú s'havia molestat mai a reclamar, incloent-hi un cub de Rubik trencat, una antiga videoconsola portàtil amb les piles oxidades, algunes llibretes i carpetes malmeses per la humitat, una cinta de casset (!) d'una banda de nois que feia segles que ja no era popular, uns quants guants i manyoples desaparellats i un jersei nadalenc horrorós que segurament es devien haver «deixat» expressament. I tot de bufandes, barrets i caçadores penjats en ganxos i penjadors.

«La majoria d'aquestes coses haurien d'estar en un museu», va pensar en Zach. «O a les escombraries».

El noi va entaforar la bufanda a l'armari, i estava a punt de marxar quan una cosa li va cridar l'atenció: una gorra de beisbol vermella que hi havia al prestatge de sobre del penja-robes dels abrics. Malgrat la penombra, feia la impressió que la gorra tenia un color més viu que res que hi hagués a l'estança. Gairebé resplendia.

Però allò era impossible.

Tret que...

...alguna cosa de la gorra l'estigués cridant. En Zach no podia explicar per què, però es va sentir obligat a agafar-la del prestatge. La gorra tenia una insígnia blava que no pertanyia a cap equip de què hagués sentit a parlar mai. Més aviat semblava un signe de l'antic alfabet rúnic o algun segell màgic misteriós. La pols i les teranyines, juntament amb una lleugera pudor de ranci, van fer-li pensar que aquella gorra feia segles que era al recambró dels objectes perduts.

Potser esperant-lo?

«No et facis il·lusions», es va advertir ell mateix. «Recorda la llanterna. Ja t'has cremat abans».

Amb tot, va espolsar la gorra i, encreuant els dits, se la va posar com si es coronés amb un elm màgic. Hi havia d'haver una raó perquè tingués la sensació que aquella gorra perduda el cridava. Era el destí? Era la màgia? Estava a punt de canviar-li la vida? Però quan se la va posar, no va passar res de res. Li va quedar allà al cap i punt.

—Normal —va remugar—. M'ho hauria d'haver imaginat.

En Zach es va treure la gorra i la va llançar a l'armari. Volia tirar-la al prestatge, però es va desviar i va acabar colpejant un penjador buit, que, sorprenent-lo, va desaparèixer sobtadament.

—Uau!

La gorra vermella va caure al terra del recambró dels objectes perduts i, a l'instant, el penjador va fer el mateix, després de sortir d'una segona gorra de color blau que estava penjada en un ganxo en un racó en què en Zach no s'havia fixat.

«Entra per una gorra i surt per l'altra», va pensar. «Així és com funciona?».

Amb ànsia, va agafar la gorra blava i la va examinar. Aleshores es va adonar que era exactament el negatiu de la primera: blava i amb una insígnia vermella i no a l'inrevés.

Un parell de gorres màgiques que es complementaven?

En Zach era conscient que, en aquells moments, l'Aaron i el senyor McGillicuddy es devien estar preguntant què se n'havia fet, d'ell, però s'havia d'assegurar que allò no era una cosa puntual, com havia passat amb la màquina expenedora. Aguantant-se la respiració i concentrant-se al màxim, el noi va ficar la mà a dins la gorra blava i va veure, al·lucinat, com aquesta se li empassava el braç fins al colze.

Però això no era el més al·lucinant, ni de bon tros.

El més fort de tot va ser que l'altre tros del braç va sortir per la gorra vermella, que encara era a terra a uns quants metres d'ell!

—Ostres, que fort! —En Zach va moure els dits. La sensació era com si continués tenint el braç d'una peça, tot i que li entrava per una gorra i li sortia per l'altra, malgrat l'espai que hi havia entre totes dues—. És com si hi hagués una connexió en dos sentits... de debò!

Ni de conya deixaria les gorres màgiques allà.

«Això no és ben bé robar», va pensar. Les gorres feia anys que acumulaven pols al recambró dels objectes perduts. «Ningú no les trobarà a faltar».

Aquests eren els seus objectes màgics, els que havia buscat tota la vida. Després de desempolsegar-les una altra vegada, es va plantar la vermella al cap amb compte de no reactivar-ne la màgia i es va entaforar la blava a la butxaca de darrere.

«Quan l'Aaron vegi el que sóc capaç de fer, fliparà», va pensar.

CAPÍTOL 10

La Tricia era la capitana de l'equip femení de bàsquet i s'assegurava que no se n'oblidés ningú.

Va rebre la sacada de banda i va avançar fins a la seva àrea driblant les contrincants. Una defensa la marcava de prop, però el resultat era ajustat i la Tricia estava decidida a fer el darrer llançament abans de la mitja part. Va fer una ziga-zaga primer a la dreta i llavors a l'esquerra. La Janine, la seva companya d'equip, la va cridar perquè li passés la pilota, però la Tricia era la capitana, la líder: el darrer llançament li corresponia legítimament. El rellotge va fer el compte enrere: 5... 4... 3... La Tricia es va girar, va saltar i va efectuar un llançament rectificat perfecte, que la defensa li va blocar directament a la cara.

—Interposició! —va cridar la Tricia, però en veure que l'àrbitre no xiulava res, es va tombar cap a les seves companyes d'equip—. Ningú sap fer un bloqueig o què?

—Perdona —va dir-li la Janine—, intentava desmarcar-me per rebre una passada.

—Doncs que no torni a passar —li va etzibar la Tricia, empipada.

I va llançar la pilota a terra just quan aquell nano nou, en Zach, entrava al gimnàs amb pinta d'haver-se perdut i amb una gorra vermella al cap. En l'experta opinió de la Tricia, intentava desesperadament semblar guai.

—Ups —va fer en Zach, en topar amb l'assistent de l'entrenador—, em dec haver equivocat.

La Tricia el va fulminar amb la mirada mentre ell feia mitja volta i sortia del gimnàs. Aquell vídeo tan ridícul de la màquina expenedora l'havia fet més popular del que es mereixia, sobretot si tenia la intenció de fer-se amb un megapringat com l'Aaron. Havia arribat l'hora de parar-li els peus, al nou. «Jo decideixo qui és popular en aquest institut», va pensar, «i qui no ho és».

—Què hi fa el nou per aquí? —va preguntar a la Janine, mentre la resta de l'equip entrava al vestidor.

—No ho saps? —li va dir la Janine esforçant-se al màxim per tornar a tenir bon rotllo amb la Tricia—. El van castigar juntament amb l'Aaron per la bretolada de la màquina expenedora i avui han de fer tasques de neteja.

«Molt bé», va pensar la Tricia, «però amb això no n'hi ha prou». Tenia un compte pendent amb ell, i mentre observava com s'escapolia per la porta del costat se li va acudir una idea diabòlica.

—Fa tasques de neteja a la cafeteria, oi? —va dir amb un somriure malèfic. I tan bon punt la Janine va assentir i li va confirmar que allò era el que havia sentit, va dir—: Perfecte. Ha arribat l'hora de divertir-nos una miqueta.

Després de netejar tota la cafeteria i el terra de la cuina, l'Aaron i en Zach van haver de passar l'escombra i el pal de fregar pels lavabos. La tasca va ser una tortura per a en Zach, no tant per la seva duresa —que déu-n'hido!—, sinó perquè es moria de ganes de posar a prova les gorres màgiques.

—Ja està, no? —va preguntar en Zach al senyor McGillicuddy, després d'haver enllestit els lavabos dels nois i els de les noies—. Podem marxar, doncs?

—Heu fet molt bona feina, nois. Us he estat observant. Deixeu-me fer una darrera ullada a la cuina i llavors ja podreu marxar —va contestar el conserge.

Van tornar cap a la cuina, que en Zach va trobar que estava neta com una patena. Li havien dit que el senyor McGillicuddy era molt estricte amb els nois que complien càstigs els dissabtes. L'home deia que era pel seu bé, però en Zach va pensar que potser li agradava tenir companyia. Fos com fos, esperava que la feina que havien fet el satisfés i així els deixés marxar a casa.

—No està malament —va remugar el conserge passant el dit pel taulell, com si hi estigués buscant rastres de pols o de greix—. Ho heu guardat tot al seu lloc?

—És clar! —va exclamar en Zach, ansiós per convence'l—. Fins i tot hem reorganitzat el rebost!

En Zach va estirar la porta. Ell i l'Aaron havien retirat totes les patates podrides i havien netejat els prestatges un per un. Estava tan cofoi de la tasca que havien fet que ni tan sols va mirar a dins. Li interessava més la reacció del senyor McGillicuddy. Estava segur que quedaria superimpactat... i així va ser! Perquè tan bon punt es va obrir la porta, els va caure a sobre tota una pila de verdures, puré de patates instantani, sal, sucre, farina, ampolles de sucs de fruita i uns pots enormes de sopa de mongetes que estaven oberts. Una ampolla de xarop d'erable es va balancejar al capdamunt de la pila i va acabar caient a sobre del senyor McGillicuddy, que va quedar cobert de xarop de cap a peus; un meganyap enganxós, vaja.

Tota la feina que havien fet se'n va anar en orris en un instant.

—Càsum dena! —El senyor McGillicuddy es va netejar el xarop dels ulls i va fer que no amb el cap a en Zach i l'Aaron, que estaven empastifats de farina, sopa deshidratada, suc de poma i puré de patates instantani. El terra que tot just havien fregat estava tot enllardat de fruita i verdura aixafada i xarop enganxós—. Tant me fa si us heu de quedar fins ben tard. Recollireu tot això! —I en Zach va descartar sobtadament aquella idea que el senyor McGillicuddy només volgués companyia.

L'home va sortir disparat a rentar-se i l'Aaron es va tombar cap a en Zach i li va preguntar:

—Què ha passat?

—No ho sé —va contestar en Zach quan una veu sorneguera que venia de la porta que donava al gimnàs el va interrompre.

—Ostres! Quin merder!

La Tricia Stands... era el que havia passat.

Era allà amb tot l'equip de bàsquet de noies, que reien mentre capturaven amb els mòbils l'espectacle dels nois empastifats de cap a peus. Per què en Zach s'havia arribat a preguntar qui els havia parat aquell parany al rebost quan ningú mirava?

Va mirar l'Aaron i li va fer por que el seu millor amic es posés a plorar. No es podia creure fins a quin punt eren cruels, aquelles noies, ni tampoc el temps que feia que l'Aaron s'havia d'enfrontar a tot allò. «Això s'acaba ara mateix», va pensar en Zach.

—Tricia —va dir-li serrant els punys—, no ets una bona persona.

—Oooh, m'has deixat feta pols. —La Tricia se'n va fúmer amb les seves amigues.

—Ja n'hi ha prou —va saltar l'emprenyat conserge traient el cap per la porta—. Vosaltres, noies, torneu al gimnàs, i pel que fa a vosaltres dos —va fulminar en Zach i l'Aaron amb la mirada—, continueu amb la vostra tasca!

En Zach va grunyir.

A aquest pas, el càstig no s'acabaria mai... I no tindria mai l'oportunitat d'esbrinar com fer servir les seves gorres per venjar-se.

CAPÍTOL 11

Quan els nois van haver enllestit la neteja extra i es van haver tret la roba llardosa i empastifada de xarop per posar-se la d'educació física, que estava lleugerament més neta, gairebé era fosc. Els pares de l'Aaron l'esperaven al cotxe davant de l'institut per portar-lo a casa, de manera que en Zach no va tenir ocasió d'ensenyar-li què podia fer amb les gorres.

—Estàs segur que no vols que t'apropem a casa? —li va preguntar l'Aaron.

—Gràcies, però hi aniré caminant. Només visc a uns

quants carrers d'aquí. —Després d'haver trobat aquelles gorres, en Zach estava massa nerviós per seure tranquil·lament en un cotxe sense poder parlar-ne.

—Fins demà.

El cotxe va arrencar deixant en Zach a la vorera davant de l'institut... i just en aquell moment va començar a ploure.

«Ups!», va pensar el noi. «Potser hauria d'haver acceptat l'oferiment».

De totes maneres, malgrat el canvi de temps, no es va poder estar de jugar una mica amb les gorres. Les va aguantar davant seu entomant l'aigua amb la vermella i va observar fent uns ulls com unes taronges com sortia per la blava. Aleshores les va canviar de posició i l'aigua va brollar en la direcció oposada.

—Sí! —va mormolar. Sens dubte allò era màgia... i de la bona.

De sobte, va sentir la botzina d'un cotxe allà a prop. Sobresaltat, es va plantar totes dues gorres al cap... i li va quedar la cara ben xopa. Va escopir i va parpellejar.

—Zach? —La Rachel va abaixar la finestra del vehicle, que s'havia aturat al revolt davant d'en Zach—. Vols que et portem?

Esperava que la noia no l'hagués vist fent màgia amb les gorres. Una cosa era compartir el secret amb l'Aaron —que, de totes maneres, encara no se'l creia—, però a la Rachel a penes la coneixia, de moment.

—Gràcies!

Començava a ploure cada vegada més, de manera que en Zach va saltar a la part de darrere del cotxe al costat de la Rachel. I li va encantar que ella digués a la seva mare que era «un amic de l'institut».

—Encantada de coneixe't, Zach —li va dir la senyora Holm—. A veure, on vius?

En Zach li va donar l'adreça i es va escarxofar al seient mirant de no mullar gaire la Rachel ni l'interior del cotxe. I no va poder evitar fixar-se que la noia anava vestida de karate.

—Fas karate? —li va preguntar.

—Sóc cinturó marró —li va respondre ella—. Acabo de passar l'examen avui.

—És increïble —va dir en Zach—. O sigui que pots, per exemple, trencar un bloc de fusta amb el cap?

—De fet, podria matar-te tan sols amb les mans —va dir ella, però quan va veure la cara de perplexitat d'en

Zach, va afegir—: És broma. Tot i que sí que fem combats, i és força guapo. El practico des dels sis anys o així. La mare és la meva entrenadora. Tenia una escola d'arts marcials on vivíem abans i ara en muntarà una altra per aquí tan bon punt trobi un local. Fins llavors hem d'entrenar-nos al gimnàs de l'institut. Què hi feies avui, a l'insti?

En Zach va començar a dir la veritat, però tot d'una es va adonar que no era la millor idea fer-ho davant de la mare de la Rachel. Així doncs, es va contenir i va mentir:

—Mmm... tan sols estudiava. Tota la meva vida m'han educat a casa, o sigui que hi ha un munt de coses en què m'he de posar al dia.

—Ah, doncs ara ho entenc!

—El què?

—El tema de les gorres —va dir-li fent broma—. La majoria dels nois només en porten una.

En Zach es va posar vermell com un perdigot.

—Mmm... ah, això. —Havia oblidat que duia posades dues gorres. La Rachel li provocava aquest efecte—. Em creuries si et dic que estic practicant un truc?

—Que guapo! —va exclamar ella amb un somriure d'orella a orella—. Per als vídeos que fas amb l'Aaron?

—Sí, exacte —va dir en Zach, més o menys sincerament, perquè tan bon punt ho va haver deixat anar, va ser conscient que hauria de fer servir les gorres per fer precisament allò—. Daixò... m'han dit que ets nova a la ciutat. On vivies abans?

—Em vaig criar en una granja a Wyoming, just als afores de Laramie, però llavors el pare va aconseguir una feina nova aquí. I fins ara no està malament —va dir la Rachel arronsant-se d'espatlles—. Tot i que encara trobo a faltar el *rodeo* i l'esplai —Va mirar en Zach amb molta curiositat—. I aleshores com és que has deixat d'estudiar a casa?

«Perquè s'han cansat d'esperar que trobi la meva màgia», va pensar.

—Simplement han cregut que estava preparat per a un canvi, suposo.

De sobte, li va venir com un tret que tan bon punt expliqués als pares tot allò de les gorres, el voldrien treure de l'institut. Trobar els seus objectes màgics significaria tornar a estudiar a casa. Se li acabaria l'Institut Horace

Greeley. Se li acabarien els vídeos amb l'Aaron. I els viatges en cotxe amb la Rachel.

En fi, només si els ho explicava...

—Bé, espero que estiguis gaudint del canvi —li va dir la Rachel—. I continua amb els vídeos. Jo, sense anar més lluny, em moro de ganes de veure el següent.

—Serà al·lucinant —va replicar en Zach—. Ja ho pots donar per fet.

Massa aviat, segons el parer d'en Zach, van arribar al camí d'entrada de casa seva. Tenia la sensació que s'hauria pogut passar tot el dia parlant amb la Rachel.

—Fins dilluns —li va dir la noia mentre ell obria la porta.

En Zach la va saludar aixecant-se les gorres. La seva intenció era semblar divertit i guai, però tan bon punt ho va haver fet es va sentir com el pringat del segle.

—Segur —va dir amb un mig somriure, esperant que la Rachel no s'hagués adonat que era un friqui rematat.

I mentre la seva mare arrencava i abandonava el camí d'entrada, la Rachel el va saludar amb la mà i li va fer un somriure tímid que va dir a en Zach tot el que necessitava saber. Aleshores va pensar en les gorres màgiques... i en el fet que potser hauria de deixar l'institut per culpa d'elles. Potser no calia que en parlés amb els pares de seguida. Què hi havia de dolent a tenir un altre secret?

CAPÍTOL 12

Una pila de menjar caient pel cap d'en Zach i de l'Aaron una vegada i una altra, en un bucle interminable. Semblaven idiotes, allà plantats bocabadats i empastifats de puré de patates instantani, xarop d'erable i altres marranades.

—No em puc creure que ja ho hagin penjat! —va exclamar l'Aaron—. L'única cosa positiva és que, pel que sembla, no el mira ningú. Guaita, només té set reproduccions i dos «m'agrada»!

Era diumenge, l'endemà del càstig, i els nois eren a

casa de l'Aaron, mirant bocabadats un vídeo en què es veia la brometa que els havien fet el dia abans a l'institut. L'havien penjat de manera anònima, però en Zach tenia claríssim qui n'era la responsable...

La Tricia Stands.

—Molt bé, això és la guerra —va sentenciar en Zach—. S'ha passat molt amb mi des que he trepitjat l'Horace Greeley i fa massa temps que et fa la vida impossible. Ja és hora que li ensenyem que no cal ser insuportable per ser popular.

—Però com? —li va preguntar l'Aaron—. Ser insuportable és el que l'ha convertit en la noia més popular de l'insti.

—Aleshores hem de ser més populars que ella —va dir en Zach.

—Sí, si no fos la més popular es posaria com una moto —va coincidir l'Aaron.

—Ensenyarem a tothom que ser cruel no mola ni un pèl.

—T'ho acabes d'inventar? Perquè és com bastant al·lucinant.

—Se m'acaba d'acudir, tio. —En Zach va somriure mentre l'Aaron li xocava la mà.

—N'hauríem de fer samarretes o alguna cosa —va suggerir l'Aaron.

—Ei, no —el va tallar en Zach.

—Mira —li va explicar l'Aaron—, conec la Tricia des del parvulari. I el que has de saber d'ella és que sempre ha de ser l'estrella. Però no és tan fàcil ser popular, Zach, i sobretot ser més popular que la noia més popular de l'insti.

—Bé, tenim una cosa que ella no té.

—Ah, sí? Què?

—Un canal superpopular a YouTube... i la màgia per fer-lo encara més popular.

Es van asseure davant de l'ordinador de l'Aaron, mentre el Michael prenia el sol a l'ampit d'una finestra roncant escandalosament. La finestra estava oberta i deixava entrar una brisa fresca a l'habitació. En Zach es va treure la gorra vermella del cap i la blava, de la butxaca.

—Recordes quan et vaig dir que la meva família podia fer màgia de debò i no em vas creure?

—Ahà... —va fer l'Aaron amb cautela.

—Doncs dóna una ullada a això!

En Zach va passar la gorra blava a l'Aaron, i a la vermella hi va ficar la mà, que va sortir per la blava i va colpejar el nas de l'Aaron.

—Òndia!

L'Aaron va deixar anar la gorra i es va aixecar d'un bot, tirant la cadira a terra. Allò va espantar el Michael, que va saltar per la finestra a la branca d'un arbre d'allà a prop. L'Aaron va córrer cap a la finestra, però era massa tard, perquè el gat ja havia grimpat més amunt.

—Michael! Gat pirat! Torna ara mateix!

Però l'espantat animal va continuar grimpant per l'arbre, prou amunt per fer-se mal si queia al jardí de davant, i miolava neguitós, perquè no sabia com baixar-ne.

—No passa res, Michael! No t'espantis! —L'Aaron va agafar el mòbil—. Trucaré a emergències!

—Espera —va dir-li en Zach abans que pogués acabar de marcar el número—. Tinc una idea millor.

Ell havia creat el problema, més o menys, o sigui que va pensar que, d'alguna manera, l'havia de solucionar. D'altra banda, de què servia tenir màgia si no la podies fer servir per ajudar el teu amic a sortir d'una situació complicada?

Som-hi!
Gorres al rescat!
MÈÈÈUUU??
Gorra #1
Ara torno!
Gorra #2
AU!
He de treballar més els aterratges.
CRAC!

No miris avall...
no miris avall...
Molt bé, mixet!
Que valent! No facis
cap bogeria.
FFFOUUU!!!
JA ET TINC!
ZASSS!
Michael!
Has tornat!
PLOP!
Mèu?
Ho has aconseguit!
Està bé!!!
FANTÀSTIC!
Ara em toca
a mi!
OH-OH
CRAAAC!!!

AAAAAAH!!!!!
PAM!
UFFF!
Pell de plàtan
Sorra per a gats bruta
Verdures podrides

L'Aaron va sortir corrents de casa seva amb la càmera de vídeo i la gorra blava.

—Ostres, que fort! —va exclamar—. Estàs bé?

—Em sembla que sí.

En Zach es va aixecar i va mirar d'espolsar-se tota aquella marranada. Almenys aquesta vegada no hi havia xarop d'erable, i la Rachel no era per allà per veure'l amb la pinta (i la catipén) d'un contenidor d'escombraries amb potes. Hauria sigut molt dur.

—Ufff... quina sort! —va exclamar l'Aaron—. Però això no és el millor; la cosa és que ho tinc tot gravat!

En Zach es va qüestionar les prioritats del seu nou amic, però sobretot el que més anhelava en aquell moment era rentar-se. Hi havia alguna cosa a les escombraries que tirava enrere.

—Tens una mànega per aquí?

—És clar. Allà tocant al porxo. —I va acompanyar en Zach fins a una mànega que estava enroscada en una aixeta exterior, mentre ell continuava xerrotejant del vídeo que havia gravat—. Ho tinc tot plegat: el truc de les gorres, el rescat del Michael i el divertit aterratge a les escombraries!

—Daixò... potser podríem eliminar-ne la darrera part? —li va suggerir en Zach.

—Si hi insisteixes —va dir l'Aaron arronsant-se d'espatlles—. Però espera't a veure com serà de guapo el nostre pròxim vídeo. La Tricia i la seva camarilla d'abusananos no suportaran que es faci tan popular! Aquest esbojarrat pla teu podria funcionar i tot.

A en Zach li va agradar com sonava allò. I es va alegrar que els seus pares no miressin YouTube.

Si no ho sabien, no li causaria cap problema.

En Zach es va ruixar amb la mànega, agraint que fos un dia raonablement càlid i assolellat, i llavors, sense pensar-ho, va apuntar amb la mànega a la gorra vermella.

L'aigua va sortir disparada per la gorra blava, que l'Aaron tenia a la mà, deixant-lo ben xop.

—Ups! Perdona, tio!

CAPÍTOL 13

—Afanya't, Zach! —li va cridar la mare—. Que faràs tard a l'institut!

—No t'amoïnis! —En Zach va sortir disparat per la porta principal, vestit i preparat per anar a l'institut—. He descobert una drecera increïble.

La veritat és que no mentia. Tan bon punt la seva mare va desaparèixer del mapa, en Zach va anar de pet cap al garatge i es va ficar a dins de la gorra vermella... i llavors va sortir per la blava, que havia deixat a dins l'armariet el dia abans. O sigui que en un tancar i obrir d'ulls s'havia teletransportat de casa a l'institut. La gorra vermella estava ben amagada al fons del garatge i la blava la tenia als peus al terra de l'armariet. D'acord, ara estava enclaustrat a dins de l'atapeït armariet, però també tenia un pla per a això: va picar tres vegades a la porta.

—Zach? —li va contestar l'Aaron.

—Qui vols que sigui? —va xiuxiuejar—. L'Operació «Clapar fins més tard» ha sigut un èxit. —L'Aaron va fer girar la combinació i va obrir l'armariet, i en Zach en va sortir d'un salt.

—Uau! —va exclamar—. Aquest sí que és un truc guapo!

—I molt pràctic, també. —En Zach va redreçar la gorra blava abans de posar-se-la—. Significa deu minuts extres cada matí!

En Zach i l'Aaron van recórrer els concorreguts passadissos com si fossin uns cracs. La gent els somreia, els deia «molt bé!» i els xocava les mans a cada cantonada. Feia pocs dies que havien penjat el vídeo del «rescat del gat» (sense la lamentable seqüència de l'aterratge d'en Zach a les escombraries), però ja s'havia fet superviral i a l'Horace Greeley tothom en parlava.

En Zach es preguntava què en devia pensar la Tricia. «Qui és el més popular, ara, eh?».

Aleshores la va veure a l'armariet d'ella mirant el mòbil amb cara de pomes agres i no va poder resistir-se a tocar-li el voraviu.

—Ei, Tricia, has vist el nostre vídeo nou o què?

La noia va girar els ulls en blanc.

—Sí, és clar. Tinc coses molt més importants al cap, com ara organitzar la meva superfestassa d'aniversari. Els meus pares convidaran tots els meus amics a una festa al zoo de la ciutat. Serà la bomba. Però que ni se us passi pel cap que rebreu una invitació, pringats. La meva festa només és per als més guais —va dir abans de remugar—: assumint que em confirmin l'assistència.

—Potser estan massa ocupats mirant el nostre vídeo —va replicar en Zach—. Com tot l'insti, de fet.

La Tricia el va fulminar amb la mirada. Si les mirades matessin, en Zach hauria sigut un cràter fumejant.

—O potser miren com tu i el pallús del teu amiguet quedeu ben empastifats de xarop d'erable —va contra-atacar amb un somriure malèfic—. Aquesta és més la meva idea de l'entreteniment.

En Zach s'estava preparant una rèplica mordaç quan algú se li va plantar al darrere sigil·losament i li va arrabassar la gorra blava del cap: la Janine. El nano es va tombar i va mirar de recuperar-la, però la noia la va tirar a la Inez, una altra de les noies de l'equip de bàsquet. De sobte, en Zach es va trobar al mig d'un rondo mirant d'interceptar la gorra a tres impresentables que tenien molta pràctica fent-se passades. L'Aaron va intentar ajudar-lo, però un dels amics de la Tricia, un xaval que es deia Lenny que, com a mínim, treia un cap a qualsevol de l'insti, el va envestir per darrere llançant-se per caçar la gorra.

—Torneu-me-la! —els va exigir en Zach cada vegada més frustrat, però les noies es van limitar a riure i a prendre-li el pèl fins que en Riggs, el director, va aparèixer per la cantonada.

—Què passa! —va cridar més que preguntar.

—Res, senyor —va replicar la Tricia llançant la gorra d'en Zach a dins el seu armariet i tancant-lo d'una revolada.

—Què...?! —va cridar en Zach—. M'ha robat la gorra.

—I tant —va coincidir l'Aaron.

Però el director no els va fer ni cas.

—Ja estic ben fart d'haver-vos de castigar, a vosaltres dos. No pots capturar i alliberar un peix tantes vegades. Arriba un punt que no tens cap altra opció que pescar-lo i tirar-lo a la galleda del vaixell. Suposo que no us agradaria, oi? No feu que us hagi de tirar a la galleda, nois —els va dir apuntant-los amb el dit—. No feu que us hagi de tirar a la galleda.

En Zach no tenia gaire clar què volia dir allò, però va captar el just per respondre:

—D'acord, senyor.

—Molt bé. Ara tothom cap a classe. Abans no us castigui a tots plegats.

La gent es va dispersar tan de pressa com s'havia congregat, i tan bon punt van tombar la cantonada, l'Aaron va xiuxiuejar a en Zach:

—Pots simplement ficar la mà a la gorra vermella i recuperar la blava, oi?

—Ja m'agradaria —va respondre en Zach—. La màgia no funciona així. No, aquesta vegada haurem de ser més hàbils... i haurem de donar una lliçó a la Tricia.

—Però em pensava que havies dit que «ser cruel no mola ni un pèl». Tio, fins i tot n'he fet fer samarretes —va dir l'Aaron traient unes samarretes amb l'eslògan escrit a sota d'una foto de dos gatets barallant-se, enjogassats—. El de l'esquerra és el Michael —va puntualitzar.

—Uau, treballes de pressa —li va dir en Zach brandant el cap—. Però no; tinc una idea millor. Una cosa que farà que la Tricia s'ho pensi dues vegades abans de ficar-se amb nosaltres. Ja es pot preparar —va afegir mossegant-se el llavi superior—. I tant que sí.

CAPÍTOL 14

—I doncs, quan ho penses explicar al pare i la mare, això de les gorres?

La pregunta de la Sophie va sobresaltar en Zach, que es va aixecar d'un bot i va tancar la porta de la seva habitació, perquè els pares no els sentissin.

—Com ho saps? —La va mirar amb desconfiança mentre espolsava la gorra vermella, que acabava d'agafar precisament d'allà on l'havia deixat, al fons del garatge—. M'has estat espiant... des de la invisibilitat?

—No em cal —li va dir—. Està tot a YouTube i a Instagram. Potser el pare i la mare són uns negats amb les xarxes socials, però no és exactament un secret fosc i ocult per a algú que domina una mica això d'Internet. T'he vist fent servir aquelles gorres per rescatar el Michael..., igual que tothom.

—Però la gent es pensa que és un vídeo trucat i punt —li va explicar en Zach—. Es pensen que ho hem editat. Ningú es creu que sigui màgia de veritat.

—Val més que sigui així —li va dir la Sophie—, perquè si el pare i la mare se n'assabenten...

—No els ho pots explicar, al pare i la mare! —va dir en Zach abaixant la veu—. Primer em mataran i després em trauran de l'institut.

—Però em pensava que no hi volies anar, a l'institut —va replicar ella.

—No. Al principi no. Però ara hi tinc amics, i aquestes paies fa molt que es passen amb l'Aaron i tenim un pla per venjar-nos. No ho sé. Suposo que d'alguna manera m'agrada anar-hi.

—Encara que et tirin tot el rebost de la cafeteria per sobre? —li va recordar la Sophie.

—Allò només va ser un petit incident —va dir en Zach.

—Suposo que potser t'hauria d'haver controlat aquell dia, però, sincerament, vaig pensar que estant castigat no hi havia cap mena de risc.

—Un moment. M'estàs dient que em controles contínuament?

—Algú ho ha de fer —va contestar la Sophie.

—Puc enfrontar-me a la Tricia i als seus tripijocs... I encara no estic preparat per tornar a estudiar a casa. Encara no. Potser mai més. Què coi, per començar, potser ni tan sols hauria trobat les gorres, si m'hagués quedat a casa.

—Ben vist —va observar la Sophie—. I no et preocupis, germanet. T'aniré controlant, per si de cas. Algú t'ha de protegir.

—Doncs ningú ho fa —va dir en Zach sospirant.

—Per a això són les germanes petites. —Va somriure.

—No ben bé.

—Per a això són les germanes petites invisibles.

—T'ho compro. Doncs com que pel que sembla has vist tots els meus vídeos, almenys digue'm què en penses.

—De debò? —va dir ella—. Prefereixo els vídeos de gats de l'Aaron.

CAPÍTOL 15

Després de mirar el rellotge, en Zach va esperar i esperar fins gairebé al final de la classe següent per demanar que el deixessin anar al lavabo, recargolant-se inquiet a la cadira amb la intenció de fer la demanda encara més convincent.

—Sisplau, senyor Martínez. De debò que he de...

El professor va sospirar i va assentir, i en Zach va sortir disparat de la classe amb el passi per anar al lavabo a la mà.

Va esprintar passadís avall mirant d'alentir la marxa

quan tombava a les cantonades i aleshores va derrapar fins a aturar-se a l'entrada del darrere de la cuina de l'institut. El dissabte del càstig s'havia fixat que les treballadores de la cafeteria feien servir un recipient de mida industrial de púding de xocolata instantani per mantenir oberta la porta de darrere; segurament perquè hi entrés una mica d'aire fresc i així no haver d'ensumar el potatge de mongetes seques. Donant un cop d'ull ràpid per assegurar-se que no mirava ningú, en Zach va agafar el mànec del recipient i va arrossegar-lo fins a la cantonada i llavors a dins del lavabo de nois. Vigilant novament que no hi hagués ningú, va tancar la porta del lavabo i va obrir l'aixeta. «Espero de debò que això funcioni», va pensar traient-se la gorra vermella i arreplegant una muntanya de púding en pols. Aleshores va obrir les aixetes al màxim. En teoria el timbre havia de sonar d'un moment a l'altre. En teoria, tothom sortiria al passadís. En teoria, la Tricia obriria l'armariet i s'enduria la sorpresa de la seva vida.

—Què... —va saltar la Tricia, indignada—. Què ha passat? —Coberta de púding de cap a peus i com una moto, es va fregar la pasterada dels ulls just a temps

La gent FINALMENT m'està contestant les invitacions. Ja era hora!
TRICIA
Un moment. He d'agafar els deures per a la propera classe...
TRICIA
Gorra #1
Mentrestant...
Púding l'atac!
FSSS
Gorra #2

JA HO SÉ!
No pot ser més pesada...
Clic
TXOOOF!
TRICIA
Llums, càmera, EXPLOSIÓ!
SOCORS!!!
De la Tricia
e la Tricia
DIARY
D'algú altre
PLIC, PLIC, PLIC
PÚDING DE XOCOLATA???

per veure l'Aaron rescatant aquella gorra blava d'aspecte sospitós de l'allau de xocolata. Una gorra que, per descomptat, no li pertanyia. «La gorra d'en Zach King».

L'Aaron també havia aconseguit capturar tot el desastre en vídeo.

«Això és inacceptable!!!».

Un minut més tard, en Zach va aparèixer per la cantonada caminant amb aire despreocupat i exageradament satisfet. Va somriure a la Tricia mentre ella s'aixecava apressadament.

—Ai, per favor! —va dir imitant-la—. Què ha passat aquí? És... púding?

La gorra blava que duia era idèntica a la que l'Aaron acabava d'agafar de terra. Com si li calgués cap prova més...

—Ho has fet tu! —va cridar en el moment en què en Riggs apareixia per la cantonada—. Aquest és un dels teus tripijocs, Zach King!

—No tinc ni idea de què em parles —va replicar en Zach.

—Què està passant aquí? —va preguntar el director.

—Em fa la impressió que la carmanyola de la Tricia ha explotat o alguna cosa... —li va dir en Zach.

—Quant púding portes per dinar, noia? —va preguntar l'home, i llavors es va tombar per cridar—: McGillicuddy, pots fer-hi alguna cosa? —Just quan l'atribolat conserge venia per la cantonada.

—Aquí hi ha un munt de púding —va protestar el paio—. Em farà falta l'aspiradora per a sòlids i líquids.

—Vosaltres dos! —va cridar el director assenyalant en Zach i la Tricia—, vinga, ajudeu-lo a netejar tot aquest desastre.

—Jo? —va protestar en Zach—. Però si no sóc més que un alumne innocent que passava per aquí...

—I jo, un passerell, saps? —li va etzibar el director—. Au, a pencar.

La Tricia es va posar com una moto quan el conserge li va passar el pal de fregar i a en Zach, una pila de paper de cuina. «Això no ha sigut pas cap accident», va pensar. «I en Zach King no és cap passerell. Això ha sigut una acció hostil en tota regla». En Zach i l'Aaron n'estaven al darrere, n'estava convençuda. No sabia ben bé què, però alguna en passava amb en Zach... i aquell parell de gorres.

Es va posar a fregar amunt i avall, fulminant en Zach amb la mirada tota l'estona.

Ho esbrinaria... encara que fos l'última cosa que fes a la vida!

CAPÍTOL 16

L'olor de crispetes acabades de fer va temptar en Zach mentre s'apropava amb l'Aaron a la barra del bar del cinema. Els nanos celebraven el seu èxit assistint a la sessió de la tarda de *Jedi Kittens 4* al multicine. Tot i que s'havia hagut de quedar una hora sencera després de classe per acabar de netejar, havia valgut la pena. La Tricia ni tan sols li havia dirigit la paraula en tota l'estona. Només el fulminava amb la mirada com si intentés perforar-li el cap.

Bingo!

I en aquells moments, es moria de ganes de veure la pel·li i posar en pràctica un truc nou que se li havia acudit.

—Comença l'espectacle —va xiuxiuejar a l'Aaron—. Et toca entrar en escena.

L'Aaron va començar a tossir escandalosament com si s'estigués ennuegant. Semblava el Michael quan intentava expulsar una bola de pèl. El nano que estava darrere la barra va córrer a veure què passava, deixant la màquina de crispetes desatesa.

«Perfecte», va pensar en Zach somrient d'orella a orella.

Igual que havia fet amb la Tricia, en Zach va aprofitar la distracció per tirar la gorra vermella dins la màquina de crispetes, on ràpidament va quedar colgada per una allau de crispetes acabades de fer.

«Missió acomplerta», va pensar.

Aleshores va fer un senyal a l'Aaron, que va aturar l'atac de tos tan bon punt va veure en Zach.

—No passa res —va dir—. Estic bé, de debò.

El nano de la barra, desconcertat, va tornar al seu lloc i va saludar amb el cap en Zach, que continuava allà.

—Perdó per l'espera —va dir—. Et poso alguna cosa?

—Nop —va replicar en Zach—. Em sembla que estem servits, gràcies.

Els nois travessaven el vestíbul cap a les sales de l'altra banda, quan una veu familiar els va cridar.

—Ei, Zach, Aaron! Espereu!

En Zach es va tombar i va veure la Rachel enfilant cap a ells mentre mossegava un tros de regalèssia vermella. Faltava un minut perquè comencés *Jedi Kittens*, però tot i això es va aturar a saludar-la.

—Rachel, ei..., no esperava veure't per aquí.

—Fas conya? Em moro de ganes de veure *Pistoles assassines*.

En Zach no era un gran fan de les pel·lis de l'Oest, però de sobte li importava un rave.

—Quina casualitat! És la que anem a veure, també! —Va clavar un cop de colze a l'Aaron—. Oi, col·lega?

L'Aaron el va fulminar amb la mirada, però li va seguir el rotllo:

—És clar —va sospirar—. No me la perdria per res del món.

«Gràcies», va pensar en Zach. «Te'n dec una. I de grossa».

Al cap d'uns minuts van trobar tres seients junts. La Rachel estava asseguda al costat d'en Zach. Esperaven que comencés la pel·lícula. La noia va ensumar l'aire i després en Zach.

—Per què fas olor de màquina de crispetes?

En Zach no va poder resistir fer el xulo.

—Vols veure una cosa absolutament al·lucinant?

Es va treure la gorra blava de la butxaca de darrere i la va desplegar. La Rachel va ofegar un crit en veure que vessava crispetes acabades de fer.

—Serveix-te tu mateixa —li va dir en Zach—. N'hi ha per donar i per vendre.

—Uau! —La Rachel no va parar de picar crispetes mentre es passaven la gorra amunt i avall entre tots tres. Semblava que la gorra no tingués fons—. Això és increïble! —va xiuxiuejar en la foscor—. Com és que no s'acaben mai?

En Zach sabia que s'arriscava molt fent màgia davant de la Rachel, però no es podia estar d'impressionar-la.

—Perdona —li va dir—, però un mag no revela mai els seus trucs.

—Em sembla bé. —Se'l va quedar mirant amb curiosi-

tat, mentre arreplegava un altre grapat de crispetes amb sabor de mantega i sal—. Molt bon truc, si més no. Em moro de ganes de veure el pròxim que t'empesques.

—Jo també —va replicar ell.

I va decidir que el vídeo següent seria el millor que hagués fet fins al moment!

Després de la pel·lícula, la mare de la Rachel la va passar a buscar, i així que la van perdre de vista, l'Aaron va fingir un altre atac de tos per donar a en Zach l'oportunitat de recuperar la gorra vermella de la màquina de crispetes. L'acomodador va córrer a veure què passava, i tot i que l'Aaron va intentar convence'l que estava bé, el paio li va practicar una potent (i absolutament innecessària) maniobra de Heimlich fins que va expulsar alguna cosa que recordava força les boles de pèl del Michael. Però malgrat el mal que li havia fet i que la gorra d'en Zach feia una pudor increïble de mantega, tots dos van coincidir que la jugada havia valgut la pena.

En Zach va llançar una darrera crispeta a l'aire i la va entomar amb la boca, mentre els dos amics sortien del centre comercial. Es van allunyar de la gentada i, en arribar al carrer, l'Aaron es va entrebancar i es va adonar que, de sobte, se li havia descordat la sabata. Tan bon punt es va ajupir per cordar-se-la, la Sophie es va materialitzar al costat d'en Zach. En aixecar-se, l'Aaron gairebé hi va topar.

—Òndia! —va exclamar—. Zach, t'has convertit en una noia!

—Relaxa't —li va dir en Zach agafant-lo de l'espatlla i fent-lo tombar—. Et presento la meva germana, l'espieta invisible. —I va mirar la Sophie amb cara de pomes agres.

—Invisible? —va saltar l'Aaron.

La Sophie hi va intervenir per cobrir el seu germà.

—Invisible, no. Només una crac apareixent de manera inesperada. —Va somriure.

—A veure si ho endevino... Ens has estat seguint tota l'estona? —li va preguntar en Zach. Sabia que la seva germana feia bé de no revelar les seves habilitats màgiques innecessàriament—. Eres com unes dues files darrere nostre durant tota la pel·li?

—Doncs, no. —La Sophie es va arronsar d'espatlles—. He anat a veure *Jeddi Kittens*. Ha sigut al·lucinant! T'has perdut una gran pel·li, germanet.

—Ostres —va protestar l'Aaron—. No em facis cap espòiler.

—No ho faria, però saps que en Dark Tigre en realitat és el pare del Mixet Walker, oi?

—No...! —va cridar l'Aaron tapant-se les orelles i arrencant a córrer.

Però a en Zach tant li feia. Res li podia espatllar el vespre.

—Simplement m'ha vingut de gust veure una altra pel·li —va dir a la seva germana.

—Ja... És clar —va replicar la Sophie amb escepticisme. I va observar els llums de darrere de cert cotxe que sortia de l'aparcament del centre comercial—. Per cert, la Rachel sembla simpàtica. M'agrada. —I llavors va xiuxiuejar—: Però no li has dit res del nostre secret, oi?

—No —va saltar en Zach massa de pressa, adonant-se que havia estat ben a punt de fer-ho.

—A veure, confio en ella. I en ell també —va afegir la nena assenyalant l'Aaron, que encara tenia les orelles tapades per no sentir cap altra revelació de la trama de la pel·li—. Però...

—Ja ho capto... —la va tallar en Zach. S'estimava la

seva germana, però li tocava molt els nassos quan es comportava com si fos sa mare, també.

—D'acord —va dir la Sophie tan bon punt l'Aaron es va destapar les orelles—. Perquè només sé que enamorar-se —va afegir com tirant-li un petonet— fa fer moltes bajanades als nois.

—Enamorar-se... oh, no! —va exclamar l'Aaron tornant a tapar-se les orelles, i aquesta vegada va fer tota mena de sorolls estranys per assegurar-se de no sentir qualsevol altre secret que no volia saber.

La Sophie, però, el va ignorar. Es va plantar davant del seu germà, somrient com només ella ho sabia fer... com el gat que s'acaba de cruspir el canari. En Zach va girar els ulls en blanc i no va badar boca. No calia que contestés. Posant-se com un perdigot, va dir a la seva germana tot el que necessitava saber.

CAPÍTOL 17

—Estàs segur que és una bona idea? —va preguntar l'Aaron, nerviós, jugant amb el focus de la videocàmera.

En Zach es va arronsar d'espatlles.

—A major risc, major recompensa. Hem de ser ambiciosos i superar-nos cada vegada per continuar impressionant el nostre públic.

«I la Rachel», va pensar.

Els nois es van colar a l'aula de ciències a l'hora de dinar. En teoria tenien tot el laboratori per a ells durant la mitja hora següent, però, tot i això, tots dos sabien que s'arriscaven molt gravant un nou vídeo a l'institut en hores lectives. En Zach no estava segur de quin seria el pròxim nivell de càstig: expulsió temporal, expulsió definitiva, execució davant d'un escamot d'afusellament...?, però tenia clar que si els enxampaven el director els picaria la cresta, literalment potser.

—D'acord —va dir l'Aaron agafant la càmera—, si tu ho dius...

—Confia en mi —va replicar en Zach—. Serà increïble.

En Zach va treure el cap al passadís i va mirar amunt i avall per assegurar-se que podien estar tranquils. Efectivament, no hi havia ni una ànima. De manera que va tancar la porta i va abaixar la persiana que el senyor Honeydew feia servir quan miraven una pel·licula a classe, cosa que passava gairebé sempre. En Zach estava tranquil, perquè els únics ulls que els havien vist entrar eren els dels gri-

paus d'uns quants terraris de vidre, i potser els de la Peludeta, una conilleta blanca que tenien en una gàbia al costat de la finestra.

La Peludeta era un projecte de biologia.

Tota la classe era responsable de cuidar-se'n i controlar-ne el creixement, la salut i el pes. Però aquell dia la conilleta seria també l'estrella d'un nou vídeo que esperaven que fos al·lucinant.

«Assumint que no ens enxampin abans», va pensar en Zach.

—Anem per feina. —L'Aaron va donar un cop d'ull a l'entrada per assegurar-se que ningú els observava des de la finestreta de la porta—. Tens les pastanagues?

En Zach es va treure una bossa hermètica plena de pastanagues *baby* de la butxaca. La Peludeta va ensumar ràpidament la delícia.

—Espera un moment, Peludeta —va dir en Zach a la conilleta—. Seran totes teves d'aquí a no res.

Si la majoria dels mags es donaven per satisfets fent sortir un conill del barret, en Zach va pensar que podia agafar aquell vell truc i superar-lo amb escreix. De manera que va plantar la gorra vermella en una punta del laboratori i la blava a l'altra, i amb molt de compte va treure la Peludeta de la gàbia.

Aleshores va llançar una pastanaga a la gorra vermella.

—Au, té!

La Peludeta es va ficar d'un salt a dins la gorra vermella i, en un tres i no res, va treure el cap per la blava. Semblava desconcertada, però el viatge havia valgut la pena. La pastanaga l'esperava a la visera de la gorra blava. Total, que la conilleta va tornar a saltar i se la va cruspir amb voracitat. En Zach va tirar una altra pastanaga a la gorra vermella i la Peludeta s'hi va apropar fent saltirons pel taulell i va desaparèixer per tornar a aparèixer novament.

—Abracadabra! —va exclamar en Zach—. Ràpid, canvi!

Fent servir les pastanagues de reclam, en Zach va aconseguir que la Peludeta anés saltant amunt i avall de gorra a gorra cada vegada més de pressa, de manera que gairebé feia l'efecte que hi havia tota una colla de conillets que apareixien i desapareixien. Vaja, que semblava un mòbil perpetu de conillets.

—Ho estàs gravant? —va preguntar en Zach a l'Aaron.

—T'hi pots jugar el cul! —L'Aaron va mirar a través del visor de la càmera amb un ull tancat i un somriure als llavis, que deia que les preocupacions del primer moment s'havien esvaït feia estona—. Això és al·lucinant!

La Peludeta no va trigar gaire a esbrinar com funcionaven les dues gorres i va començar a fer-les servir com una drecera per interceptar les pastanagues fins i tot abans que aterressin. Anava d'una gorra a l'altra tan de pressa com en Zach era capaç de llançar-hi les pastanagues.

—Quina conilleta tan eixerida! —va exclamar en Zach somrient d'orella a orella—. Ja ho tens totalment per la mà, eh?

En Zach es moria de ganes que la Rachel veiés el vídeo!

La Tricia no es podia creure que s'hagués deixat la bossa al laboratori de ciències. Era la seva favorita i hi tenia tots els apunts de classe, l'agenda i la llista de convidats a la festa d'aniversari. Hi duia tota la seva vida, vaja. Va

culpar la festa del lapsus. Planificar la celebració més exclusiva de l'any requeria molt de temps i molta concentració. I no podia estar al cas de cada petit detall.

«De debò que necessito un assistent personal», va pensar, i va desitjar tenir l'agenda a mà per escriure-hi aquest nou assumpte que tenia pendent.

Però quan va arribar al laboratori de ciències, la porta estava tancada i la persiana, abaixada. Encara era l'hora de dinar, o sigui que no hi hauria hagut d'haver ningú, al laboratori, però sentia veus que venien de dins. Veus que sonaven entusiasmades. Veus de gent cridant i rient com idiotes. «Idiotes», va pensar, «que sonen sospitosament com en Zach i l'Aaron».

La Tricia es va posar com una moto. Quina una en portaven de cap aquell parell de tòtils, ara?

Va anar sigil·losament cap a la porta lateral per espiar per la finestreta. Quan va veure el que va veure, es va haver de tapar la boca per ofegar un crit. Aquella conilla sarnosa de la classe, la Peludeta, saltava a dins i a fora d'aquelles estúpides gorres d'en Zach com si... com si fossin màgiques. Les mateixes, es va adonar, que el nano havia fet servir per a aquell vídeo del rescat del gat. Les mateixes que li havien aparegut a l'armariet el dia que es va inundar misteriosament...

En constatar la veritat, es va quedar de pasta de moniato.

Les proeses d'en Zach no eren tan sols trucs d'edició ridículs. D'alguna manera, feia màgia de veritat, i les gorres n'eren la clau.

Amb un somriure maliciós, es va allunyar de la porta i va passar de la bossa; ja tornaria a buscar-la més tard. Havia trobat una cosa fins i tot millor.

«Conec el teu secret, Zach King».

L'únic que li calia era aconseguir aquelles gorres per donar a en Zach una lliçó que s'havia fet esperar massa. La Tricia sabia exactament què havia de fer.

CAPÍTOL 18

La Tricia estava asseguda tranquil·lament a la biblioteca escarrassant-se per fer veure que estudiava, quan simplement vigilava la porta esperant que tornés en Lenny. El curs anterior havia fet un treball de socials amb ell i li va encolomar tota la feina. Ella tan sols va fer la presentació i es va emportar tots els mèrits. Fins i tot els van posar un excel·lent. En Lenny li va demostrar que era força útil. El noi no tenia gaires amics —en realitat ni un—, o sigui que la Tricia es va proposar saludar-lo de tant en tant pels passadissos. N'hi va haver prou per fer-lo sentir com si no fos el megapringat de l'institut. De manera que, en aquell moment, l'únic que li calia perquè el nano fes gairebé qualsevol cosa que ella volgués era demanar-l'hi.

—L'has aconseguit? —va xiuxiuejar la Tricia amb un somriure forçat—. La gorra?

—Sip. Aquí la tens —va dir passant-li la gorra vermella que havia «agafat prestada» de l'armariet del gimnàs d'en Zach, mentre en Zach era a l'entrenament de natació a l'hora d'educació física.

Tal com la Tricia l'hi havia demanat.

—Moltíssimes gràcies! —La noia va fer un somriure a en Lenny d'orella a orella—. Te'n dec una!

—El que necessitis, Tricia —va replicar ell—. De totes maneres, per què la vols? No és ben bé el teu estil.

—Perdona. Informació confidencial —va contestar—. Recordes què se suposa que has de fer a continuació?

El noi va fer memòria.

—Enviar-te un missatge quan en Zach surti d'educació física i llavors un altre quan es posi la gorra blava?

—A l'instant —va insistir.

El va enviar a esperar-se a fora del vestidor dels nois,

mentre ella sortia sigil·losament per la part del darrere de la biblioteca per enfilar cap al laboratori de ciències. S'estava saltant una classe per dur a terme la jugada, però no era greu; sempre podia fer que els seus pares li escrivissin una nota excusant-la, si calia.

El laboratori estava buit, de manera que hi va entrar d'amagat i va anar directament cap a l'enorme terrari de vidre que hi havia tocant a l'armari dels abrics. El senyor Honeydew hi tenia un munt de granotes fastigoses plenes de berrugues, que van començar a raucar tan bon punt ella va obrir la tapa del terrari.

En Lenny li va enviar un missatge, just a l'hora prevista. La noia va treure la gorra vermella i, amb cara de fàstic, va arreplegar una granota, que se li va recargolar a la mà. Era llepissosa i estava freda; repugnant, vaja. Li encomanaria les berrugues? Valia més que no o seria una cosa més per la qual s'hauria de venjar d'en Zach. La pantalla del mòbil se li va il·luminar. En Zach s'havia posat la gorra blava, de manera que va tirar la primera granota a la gorra vermella. «Em vas enredar amb un truc màgic, oi? Doncs a veure què et sembla aquest...».

—Així que no tens ni idea de què ha passat amb la gorra vermella? —va preguntar l'Aaron a en Zach buscant-la desesperadament a dins l'armariet d'educació física després de la classe de natació.

—Nop! —En Zach va donar un cop d'ull al vestidor i va mirar a sota de bancs i tovalloles xopes mentre es vestia—. Estic segur que l'he deixat a l'armariet, però ara no la trobo enlloc!

L'Aaron semblava alarmat.

—I si en Riggs ens ha enxampat? I si té l'altra gorra?

—Calma't —li va dir en Zach mentre sonava el segon timbre. Aleshores es va treure la gorra blava i anava a saltar-hi per teletransportar-se fins a la vermella, quan l'Aaron el va agafar del canell.

—Espera! Si en Riggs de debò té l'altra gorra, no pots aparèixer de sobte i arrabassar-l'hi. Sabrà que en passa alguna i aleshores ens hauran enxampat de totes totes.

—Ben vist —va replicar en Zach sortint de pet al passadís amb l'Aaron, mentre sonava el timbre final que indicava que tenien seixanta segons per plantar-se a la classe següent—. Ja ens empescarem alguna cosa. No pot haver anat a parar gaire lluny —va dir per tranquillitzar el seu company i a ell mateix. Aleshores es va tornar a posar la gorra blava i, sense voler, devia obrir el portal perquè de sobte es va notar una cosa freda i llefiscosa al cap.

Va tocar-se la gorra i la cosa va raucar.

—Ecs! —va cridar—. Què dimonis...

I abans que pogués acabar la frase, una granota li va saltar de sota la gorra, i ràpidament una altra i una altra... Un munt d'aquelles bestioles li queien per l'esquena, li lliscaven per la camisa i llavors s'allunyaven saltant passadís amunt. Al cap de no res, els altres alumnes se'n van adonar i va començar la cridòria. En Zach es va treure la gorra d'una revolada, però les granotes continuaven sortint-ne l'una darrere l'altra.

«El laboratori de ciències», va deduir. Però com havia anat a parar la gorra vermella al terrari de les granotes?

Tot i que aleshores no hi havia temps per investigar-ho, si no podien capturar les granotes de ben segur que els enxamparien... una altra vegada. En Zach i l'Aaron anaven amunt i avall de quatre grapes, fent ziga-zagues entre els estudiants histèrics, capturant tantes granotes com podien i tornant-les a entaforar a la gorra blava. En

Zach només esperava que, enmig d'aquell caos, ningú s'adonés del que feien realment. La professora d'espanyol, la senyora Ortega, va alçar els braços i va cridar:

—No hi ha res a veure aquí. Aneu cap a classe. No hi ha res a veure...

Llavors una granota espantada va saltar des de dalt d'un armariet i li va aterrar a la boca, que tenia ben oberta.

—Perdó! —En Zach li va estirar la granota per les potes i la va tornar a tirar a dins de la gorra.

La senyora Ortega va córrer cap a la font cames ajudeu-me per treure's aquell mal gust de la boca, mentre en Zach empaitava més granotes que anaven directes cap al lavabo de les noies.

—Atureu-vos! —va cridar. Però era massa tard.

Les granotes no són bones obeint ordres.

Els crits que se sentien fins i tot des de fora eren eixordadors. Les noies gairebé van envestir en Zach en sortir d'estampida.

I per acabar-ho d'adobar, la Rachel va aparèixer a la cantonada i va topar amb en Zach en ple daltabaix. De sobte, una granota va aterrar al cap del noi i va començar a moure les potes davant de la seva cara.

—Zach? —Va parpellejar sorpresa i li va treure la granota del cap—. Què està passant, aquí?

En Zach es va sentir com un ximple.

—Perdona! Ara no puc parlar! Tinc pressa! —Li va arrabassar la granota i se la va amagar a l'esquena tan bon punt en Riggs va aparèixer per la cantonada.

—Què redimonis hi passa, aquí? —La seva ja de per si cara de pomes agres es va enfosquir encara més quan va veure en Zach i l'Aaron—. Vosaltres dos una altra vegada! M'ho hauria d'haver imaginat!

En Zach va amagar-se ràpidament la gorra blava a l'esquena i hi va tirar la granota que duia a l'altra mà.

—No és el que sembla, senyor Riggs —va balbucejar—. L'hi puc explicar!

El director es va plegar de braços.

—Doncs estaria bé.

En Zach va fer esforços sobrehumans per empescar-se alguna excusa que no tingués res a veure amb una gorra màgica extraviada.

—Daixò... Les granotes, que han dut a terme una fugida temerària del laboratori...

—I tu no hi has tingut res a veure? —li va preguntar el senyor Riggs.

«No expressament», va pensar en Zach.

—No, senyor.

—Jo tampoc —va saltar l'Aaron—. Només miràvem d'ajudar, sap? Intentant tornar els espècimens al seu lloc... en pro de la ciència.

En Zach no estava segur de si el director se'ls creuria, però abans que l'home pogués badar boca, va aparèixer la Tricia passadís avall agitant la gorra vermella.

—Ei, Zach! —el va cridar en un to amable—. M'acabo de trobar aquesta gorra de beisbol espantosa al laboratori de ciències, al costat del terrari. És teva, oi?

—Ho sabia! —El senyor Riggs va arrabassar la gorra de la mà de la Tricia—. Aquesta és una altra de les teves esgotadores gracietes, oi? —Es va entaforar la gorra sota el braç—. Saps quina temperatura tenim a Florida ara mateix? Ho saps? Vint-i-vuit graus. Vint-i-vuit... i fa un bon sol! Dóna'm això —va dir prenent la càmera a l'Aaron—. No deixaré que causeu més problemes en aquest institut penjant aquests vídeos a l'interTube.

—Sap què? —va afegir la Tricia amablement—. En

Zach fa servir una gorra blava en els seus vídeos, també.

—Ah, sí? —El director va mirar en Zach—. Doncs dóna-me-la també, noi.

En Zach es va empassar la saliva. Si perdia les dues gorres, hauria perdut, a més, tota la màgia. A banda de mantenir les seves habilitats màgiques en secret —una norma que en Zach ja havia trencat de cinquanta mil maneres—, no perdre l'objecte màgic era la segona norma més important per als mags. Per sort, la Rachel va intuir d'alguna manera el seu trasbals, de manera que va passar per darrere seu, li va agafar la gorra tranquil·lament i es va perdre entre la multitud d'estudiants que observaven l'episodi.

—Em sap greu, senyor Riggs. —Va mostrar les mans buides—. No tinc cap gorra blava.

El director va arrufar les celles.

—En qualsevol cas, penso vigilar de ben a prop aquesta gorra i aquesta càmera, fins que no hagi tingut l'ocasió de mantenir una bona xerrada amb els vostres pares sobre el vostre comportament. Les guardaré sota clau al meu despatx, fins que algú m'expliqui què redimonis passa en aquest institut. —Aleshores va aixecar la veu—. Els altres podeu tornar a classe. S'ha acabat l'espectacle.

Una granota li va passar saltant per davant.

—I, sisplau, que algú faci el favor d'arreplegar la resta d'aquestes bèsties i que doni un caramel de menta a la senyora Ortega!

CAPÍTOL 19

—Fantàstic —va remugar en Zach—. Per fi trobo el meu objecte màgic i resulta que ara està tancat al despatx del director!

—Igual que la meva càmera... —s'hi va afegir l'Aaron—. I tot per culpa d'aquella imbècil de la Tricia Stands.

Els nois seien sols a taula a l'hora de dinar. Ningú volia menjar amb els «bessons granota», com els anomenava tothom en aquells moments. Tota la popularitat que havien guanyat s'havia esfumat en un tres i no res.

En Zach sentia la Tricia burlant-se d'ells davant de les altres impresentables.

—N'estaven infestats —va sentir que deia a la resta de la taula.

En Zach potinejava les patates fregides del plat. Sabia que el director trucaria a casa seva i no tenia ganes d'enfrontar-se als seus pares. No només havia exposat les seves habilitats màgiques al món, sinó que havia perdut el seu objecte màgic. En un sol dia havia trencat les dues normes principals de la màgia, una gesta gens fàcil per a ningú i encara menys per a un estudiant de primer curs.

—Però no podries simplement saltar a dins la gorra blava per recuperar la vermella? —li va preguntar l'Aaron.

—És temptador —va admetre en Zach—, però si el senyor Riggs se n'adona, que m'expulsin serà el més petit dels meus problemes. La meva família fa molts esforços per mantenir les nostres habilitats en secret. No em puc arriscar que m'enxampin. Hem de trobar una altra manera de recuperar-la.

—Suposo que tens raó —va dir l'Aaron agafant l'entrepà que tenia a mitges i aixecant-se per anar cap a classe—. Les coses no podrien anar pitjor —va afegir, i just quan es va tombar, una de les col·legues de la Tricia el va envestir amb una safata empastifada de quètxup.

—Ai, perdona! —es va disculpar fent teatre.

L'Aaron ni tan sols es va emprenyar. Es va limitar a sospirar mentre les impresentables xocaven les mans.

—Tinc unes quantes samarretes més a l'armariet per si també et toca el rebre —va dir a en Zach.

Mentre l'Aaron enfilava cap a classe, el mòbil d'en Zach va fer un so metàl·lic. Se'l va treure de la butxaca i quan el va mirar no es podia creure el que hi veia: la Tricia li acabava d'enviar un missatge. El va repassar dues vegades, per assegurar-se que el que havia llegit era correcte. El convidava juntament amb l'Aaron a la festa del seu aniversari. Mentre mirava fixament el text sense saber què respondre, se li va apropar la Rachel amb la gorra, i l'hi va passar dissimuladament per sota la taula.

—Això sí que és estrany —li va dir en Zach—. La Tricia ens acaba de convidar, a l'Aaron i a mi, a la seva superfestassa d'aniversari.

—Jo hi vaig —li va dir la Rachel pispant-li una patata fregida de la safata.

—Ah, sí? —va replicar en Zach—. No sabia que fóssiu amigues, vosaltres dues.

—I no ho som, però sóc nova aquí i no penso declinar cap invitació. I a veure, és una festa d'aniversari al zoo. Serà divertit. Què és el pitjor que pot passar? Que et toqui un tros petit de pastís?

—Ja —va dir en Zach lentament. Alguna cosa en aquest nou escenari no li acabava de quadrar.

—Seria més divertit si hi fossis —va afegir la Rachel mentre li agafava la darrera patata fregida sense que se n'adonés.

—Bé, aleshores hi aniré —va dir en Zach, tot i que intuïa que acabaria sent una idea nefasta.

CAPÍTOL 20

Quan en Zach va arribar a casa després de classe aquell divendres al migdia, els seus pares l'esperaven a la taula de la cuina.

—Ha trucat el director de l'institut —li va dir el senyor King amb cara de pomes agres i els cabells, que normalment duia impecables, tots esvalotats. Per les molles de galeta, va intuir que se n'havia atipat, cosa que només feia quan estava disgustat—. Ens ha dit que tu i el teu amic, l'Aaron, l'heu tornat a fer grossa. Alguna cosa d'unes granotes i uns llangardaixos i... no sé què d'acabar en una galleda... Tot plegat sense gaire cap ni peus.

—Què passa, Zach? —li va preguntar la senyora King, mentre el noi s'asseia a la taula davant d'ells—. Ja coneixes les normes.

«Enxampat!», va pensar. S'havia passat la tarda mirant de trobar una excusa creïble, però sense èxit. A més, una cosa era simplement amagar segons què als pares i l'altra, mentir-los als nassos. Sospirant, es va adonar que no tenia cap altra alternativa que confessar la veritat.

—A veure, resulta que vaig trobar unes gorres velles a l'institut... —va engegar. Total, que els va explicar tot allò de les gorres de beisbol màgiques i els seus poders, ometent tan sols la part dels vídeos. La qüestió és que es va sentir bé dient la veritat. Va desitjar haver-ho fet abans; s'hauria pogut estalviar tots aquells problemes.

Els seus pares l'escoltaven amb atenció. El pare va anar a buscar una segona bossa de galetes de xocolata i menta, mentre la mare es netejava les ulleres fins que pràcticament brillaven com diamants. En Zach els va intentar parlar de la Tricia i l'Aaron; els va explicar fins a quin punt la noia era cruel i que l'Aaron només intentava ajudar-lo, sense saber ben bé on es ficava.

—Ja ho veig —va dir el senyor King finalment—. És evident que apuntar-te a l'institut va ser un error...

—No, no —el va tallar en Zach, sorprenent-se a si mateix—. Ara tinc amics, pare. Amics de debò.

—Potser sí, però el perill i les temptacions són més grans ara que has començat a intuir la teva màgia. Hem de tornar a escolaritzar-te a casa.

—Què?! —va exclamar en Zach—. Però no és just. Mai més tornaré a veure l'Aaron ni la Rachel, doncs.

—Tens un do. No hi ha gaire gent al món que pugui fer màgia, Zachary. Això és una benedicció... i alhora una maledicció. Però ara que has trobat els teus objectes màgics —li va dir la senyora King—, tot ha canviat. Tenim un secret que hem de guardar... i ens has demostrat clarament que encara no ets prou madur perquè puguem confiar en tu al cent per cent.

Però en Zach no ho volia sentir, tot allò. Sabia que l'havia espifiat. Sabia que havia trencat les dues normes principals de la màgia. Però, d'alguna manera, també sabia que amagar-se de la resta del món no era la resposta.

—Mireu, per això no us havia parlat de les gorres! Tenia clar que us espantaríeu. I que em trauríeu de l'institut per tornar-me a educar a casa. Però no és just. No és just que ens tanqueu i ens aparteu de tothom només perquè som màgics.

—Sé que estàs disgustat —li va dir el senyor King deixant la galeta abans de mossegar-la per poder parlar amb la boca buida—. Però és pel teu bé.

—Algun dia ho entendràs —li va dir la seva mare, agafant el paquet de galetes al pare i retirant-l'hi abans que se les acabés totes—. Ara mateix és més segur per a tu ser a casa aprenent com fer servir la màgia... tal com sempre havies volgut.

—Però ja no és el que vull. Per què no puc tenir la màgia i continuar anant a l'institut amb els meus amics?

—La cosa no funciona així, Zach, ja ho saps. —El senyor King va aixecar la mà per tallar qualsevol objecció més—. Hem quedat amb el director dilluns a primera hora. O sigui que tan bon punt recuperem la gorra vermella, tornaràs a casa. —Va allargar la mà cap al paquet de galetes, però ja no era a la taula, i la seva expressió es va endolcir quan es va adonar que l'hi havia requisat la seva dona.

—Però mira'n la part positiva, Zach —li va dir la senyora King intentant consolar-lo—. Per fi has trobat els teus objectes màgics. I això és molt bona notícia.

—Suposo que sí —va remugar en Zach.

Però no se sentia gens bé.

CAPÍTOL 21

El zoo estava superdecorat per a la gran festa d'aniversari de la Tricia. Tot de globus d'heli onejaven sobre el centre de benvinguda, que havien tancat parcialment al públic per a l'esdeveniment. Uns quants guardes del zoo es passejaven amunt i avall amb animalons perquè la gent els agafés i els acariciés. També hi havia un pallasso fent animals amb globus i un altre que maquillava cares. I havien obert el Bar de la Cabana especialment per a ells. Podies entrar-hi i prendre qualsevol cosa que et vingués de gust.

Però la Tricia no estava gaudint de res. El vídeo del

ZOO
BENVINGUTS
LA LLAR DEL FAMÓS
JAWZILLA
Avui
Aniversari
de
Tricia
Stands

«Conill màgic» d'en Zach havia arribat gairebé a les cinquanta mil reproduccions... en només tres dies! I tot i que en aquells moments tant l'Aaron com ell eren els més impopulars de l'institut, pràcticament eren famosos a Internet.

I això no podia ser. No podia ser de cap manera.

La Tricia va empènyer en Lenny a un racó fosc tocant al Pavelló dels Rèptils i li va fer vomitar el Magnum que s'estava cruspint, tot i que encara n'hi quedava més de mig.

—Saps què vull per al meu aniversari? —li va dir—. Que en Zach King capti el missatge i torni al lloc d'on ha vingut... per sempre!

—Aleshores per què el vas convidar a la festa? —li va preguntar en Lenny.

—Doncs per ensenyar-li qui mana aquí. Per què, si no?

—I llavors per què m'hi vas convidar a mi? —li va preguntar. Tenia els llavis tots empastifats de xocolata i la Tricia va haver de fer esforços sobrehumans per no agafar-li la cara i netejar-l'hi.

—Ai, Lenny... —li va xiuxiuejar pestanyejant—, t'hi vaig convidar perquè som tan bons amics...! —Va semblar que colava. En Lenny va abaixar el cap i va fregar el terra amb els peus per amagar el somriure d'orella a orella que se li havia dibuixat—. Total, que necessito la teva ajuda amb una ximpleria... Serà el nostre secret...

—De debò? —L'Aaron no es podia creure el que sentia. Els nois eren al darrere de la gent que seguia la guarda del zoo en una visita guiada—. De debò que els teus pares et trauran de l'insti? Però si tot just hi acabes d'entrar... Hi ha d'haver alguna cosa que puguem fer...

—No ho crec, tio —va admetre en Zach mentre seguien el grup cap al Pavelló dels Rèptils. Gairebé havia arribat l'hora d'alimentar els caimans i la guarda els ensenyaria com ho feia—. Els meus pares ho han decidit. La setmana que ve, tan bon punt recuperem la gorra vermella, hauré de tornar a estudiar a casa.

—Però què passa amb els nostres vídeos?

—Ja no podrem fer-ne més. Una vegada reprengui la meva educació a casa, bàsicament m'hi tindran confinat.

—Però teníem uns plans superguapos... Vaig comprar uns cabdells enormes de fil i vaig pensar que podíem fer que el Michael els empaités, i aleshores fer servir les gorres i, ja saps, tornar-nos bojos!

—Tio, tant de bo pogués, però ja t'ho dic: una vegada

els pares m'hagin tret de l'insti, bàsicament m'hauran tret de tot plegat...

Els nois van passar pel costat del tancat dels óssos polars i en Zach es va adonar que havia arribat la Rachel. La noia llepava un cucurutxo de dues boles quan li van fer gestos perquè hi anés.

—Nois! —va exclamar xocant-los les mans—. M'alegro que hàgiu vingut.

—Fas conya? —li va preguntar en Zach—. No ens ho perdríem per res del món.

—He de reconèixer que la Tricia ho ha clavat —va dir la Rachel—. La veritat és que la festa és al·lucinant. —Es va estremir en passar una ràfega de vent gèlid—. Però fa una mica més de fred del que m'esperava. Segurament m'hauria d'haver abrigat més... i pensar-m'ho dues vegades abans de prendre'm el gelat!

La Rachel només duia uns texans i un jersei. Total, que en Zach es va treure la seva dessuadora amb caputxa grisa favorita i l'hi va oferir.

—Ei, té, posa't això.

—N'estàs segur? —li va preguntar ella—. No agafaràs fred?

—Nooo, estic bé.

—D'acord. —Es va plantar la dessuadora amb la caputxa i tot—. Gràcies, Zach! Ets el millor.

En Zach es va posar com un tomàquet. La Rachel, aparentment, no se'n va adonar, però l'Aaron sí, i va girar els ulls en blanc mentre brandava el cap.

—Patètic... —va remugar.

La guarda del zoo va obrir la porta del Pavelló dels Rèptils i va fer gestos perquè els nois hi entressin en fila. En Zach es va entaforar les mans a les butxaques i es va estremir lleugerament. Desitjava tenir una gorra per posar-se, encara que fos per escalfar-se una mica el cap. Tenia fred ara que només duia una samarreta.

—Ajudareu a donar menjar al Jawzilla? —La Rachel va recular per preguntar—. La guarda ha dit que els podem donar un cop de mà. —I va mirar en Zach—. Llevat que no t'agradin els caimans i tal, potser...

En Zach tenia clar que volia estar amb la Rachel, però havia d'admetre que, des de l'incident de les granotes a l'institut, qualsevol cosa que tingués escates o fos llepissosa li feia una mica d'angúnia.

—A mi no m'espanta res —els va dir la Rachel a tots dos—. Sóc una noia de camp. Estic acostumada a estar envoltada d'animals. Abans competia en *rodeos*. Sabíeu que tinc el rècord de l'estat d'aguantar-me sobre un toro de la meva categoria?

—Guai —va dir en Zach—. Llavors, si passa res, em pots protegir.

L'Aaron es va contenir i va fer esforços sobrehumans per no vomitar.

—A veure, em sembla que passo. Us espero a fora —va dir.

—Au, va —van insistir en Zach i la Rachel agafant-lo cadascun d'un braç i arrossegant-lo entre rialles a l'interior del pavelló—. Què és el pitjor que ens pot passar?

En Lenny estava a l'aguait a dins del recinte, al costat de l'àrea pantanosa de les salamandres i les tortugues, esperant el senyal de la Tricia. Hi havia un munt de nois i noies per allà al voltant, disputant-se un lloc a la cua per donar menjar al Jawzilla.

La guarda del zoo va cridar la Tricia perquè fos la primera a alimentar el caiman, però ella va fer gestos amb la mà rebutjant-ho. Primer havia de trobar en Zach.

«On pot ser?», es preguntava a mesura que escanejava la gentada mentre la guarda continuava cridant el seu nom. Estava a punt de deixar córrer el pla, quan de reüll va localitzar aquella dessuadora grisa que li era tan familiar entre un parell de xavals. Saltant amunt i avall, la Tricia va assenyalar-la a en Lenny.

«És allà», va articular silenciosament. «Endavant!».

En Lenny va assentir amb el cap i va enfilar cap al seu objectiu, clavant cops de colze a tort i a dret, per avançar entre la gentada.

—Perdoneu. Sisplau... —anava dient mentre s'obria pas a empentes—. És un tema urgent.

La Tricia va treure el mòbil, ansiosa per gravar l'espectacle. En Lenny empenyeria en Zach al bassal de les tortugues i ella capturaria tot l'«accident» en vídeo. Però quan intentava enfocar l'escena, la persona de la dessuadora grisa es va tombar i la Tricia va veure que no era en Zach sinó una noia.

Va ofegar un crit en observar que en Lenny enfilava cap a l'objectiu erroni. Li va fer gestos amb la mà, desesperada perquè la veiés i s'adonés de la confusió, però el molt tòtil no la va veure.

La Tricia sabia que si en Lenny empenyia qui no tocava al bassal de les tortugues, seria l'única cosa que la gent recordaria de la festa. I es convertiria en alguna cosa pitjor que la riota de tothom: se n'oblidarien totalment.

—No! —va cridar mentre corria per aturar en Lenny abans no fos massa tard.

El Jawzilla estava al seu tancat al costat de l'àrea pantanosa, però separat; per mantenir les salamandres i les tortugues fora de perill. La plataforma des d'on alimentaven i observaven el caiman estava situada a uns dos metres i mig per sobre del tancat i envoltada d'una tanca que arribava més o menys a l'altura del maluc per evitar caigudes accidentals. La guarda del zoo tenia una galleda de peix que deixava que els nens tiressin al Jawzilla per dinar. En Zach, la Rachel i l'Aaron s'estaven incorporant a la fila per demanar tanda, quan en Zach va veure en Lenny obrint-se pas a empentes i la Tricia empaitant-lo. La Rachel es va tombar cap a l'Aaron, que li oferia un tros de galeta salada que havia aconseguit. Tot va passar tan de pressa, que seria complicat dir com va començar o qui va fer la traveta a la Tricia, però el resultat final va ser que la noia es va entrebancar i va anar de pet contra a la tanca, per on va acabar caient al tancat del caiman que quedava a sota. En Zach no es podia creure el que veia. Un segon abans, l'animal es cruspia el dinar amb aquella poderosa mandíbula, i de sobte, sense avisar, la Tricia xipollejava a l'aigua com si fos les postres. El Jawzilla es va tombar cap a ella i en Zach hauria jurat que el veia llepar-se els llavis.

—Socors! —va cridar la Tricia, mentre intentava enfilar-se com podia pels costats de la fossa—. Que algú em tregui d'aquí!

El caiman va abandonar l'illa i es va ficar a l'aigua. Tothom mirava i cridava, però ningú, ni tan sols la guarda del zoo, feia pinta de saber què fer.

La Tricia reculava xipollejant a l'aigua.

—Allunya't de mi, immundícia juràssica!

Sense pensar-s'ho dues vegades, en Zach es va preparar per saltar la tanca i rescatar la Tricia. Evidentment, era la persona que més detestava al món, però no es mereixia que se la cruspís un caiman el dia del seu aniversari. O el dia que fos, vaja. I el xaval no deixaria que això passés; no si podia fer-hi alguna cosa. Però un segon abans de saltar, va notar que li estiraven el braç. Va donar un cop d'ull i no hi va veure ningú, però llavors va sentir la veu de la seva germana que li deia:

—Mala idea. —La nena s'havia fet invisible i l'havia seguit fins a la festa—. Fes servir això —li va suggerir, i tot i que no podia veure què era, va notar com li encasquetava una gorra. I quan va apartar la mà, la gorra blava, la que li havien confiscat els pares, es va materialitzar com per art de màgia. Per sort, només l'Aaron va veure aparèixer la gorra del no-res i, de l'ensurt, va deixar caure la galeta que s'estava cruspint.

—Gràcies, germaneta —va dir en Zach.

—Algú s'ha de cuidar de tu —li va dir ella, i tot i que no la veia sabia que somreia.

—Aguanta, Tricia! —va cridar, i sense pensar li va llançar la gorra blava tan fort com va poder—. És la teva única oportunitat!

El llançament d'en Zach el va sorprendre fins i tot a ell, ja que la gorra va aterrar perfectament al cap de la Tricia, que en un tres i no res es va teletransportar i va escapar-se del perill. La gorra va caure a terra a pocs centímetres de la mandíbula del caiman.

Els nois i noies van ofegar un crit, la guarda del zoo es va desmaiar i l'Aaron es va acabar la galeta d'una bona

queixalada. Va ser una bogeria, però almenys la Tricia no es va convertir en menjar per a caimans.

—Ara només ens hem d'empescar com recuperar la gorra de la fossa del caiman —va dir en Zach a la Sophie. Si mai va haver-hi un moment en què la seva invisibilitat resultaria útil, era aquest.

Però abans que pogués pensar com baixar la seva germana a la fossa de manera segura, el Jawzilla va nedar cap a la gorra, la va ensumar i la va engolir sencera.

«Zuuum...». La gran i malvada bèstia va desaparèixer!

—Però què coi ha passat?! —va cridar l'Aaron.

—Com? Per què? On és el Jawzilla? —va balbucejar en Zach. Ni se li havia passat pel cap que l'animal se li cruspís la gorra ni que cruspir-te una gorra també et pogués teletransportar. Però era evident que era així. Era evident que havia passat! Ara la Tricia, la gorra blava i el Jawzilla s'havien teletransportat on era l'altra gorra.

—Al despatx del director —va dir en Zach en veu alta.

—Ei, crec que tindrem un problema encara més gros que aquest —li va dir la Rachel.

—No —va replicar en Zach—, no ho entens. Acabo d'enviar la Tricia i el Jawzilla al despatx del director!

CAPÍTOL 22

Mentre ningú més mirava, la Sophie es va materialitzar sense fer soroll al costat d'en Zach, a fora del Pavelló dels Rèptils.

—En fi, la cosa no ha anat ben bé com em pensava —va dir.

L'Aaron va sortir del pavelló amb tres trossos de pastís d'aniversari, i la Rachel darrere seu.

—Com pots afartar-te d'aquesta manera? —li va preguntar en Zach.

—Només és pastís —va contestar l'Aaron arronsant-se

d'espatlles—. La mare diu que ni tan sols és «menjar real».

—Ei, que tenim una emergència brutal —va dir en Zach—. No podem perdre un segon. El Jawzilla és a l'institut. I la Tricia. I tots dos són al despatx del director. Ens hi hem de plantar abans que ella prengui mal.

En Zach va veure en Lenny que s'apropava. Semblava confós pel que acabava de presenciar a la fossa del caiman i una mica perdut sense la Tricia a prop per dir-li el que havia de fer.

—Lenny —li va dir en Zach fent-li espetegar els dits davant de la cara per fer-lo despertar d'aquella mena d'estupor—. Necessito la teva ajuda. Truca a la policia i digue'ls que hi ha una noia i un caiman al despatx del director de l'Institut de Secundària Horace Greeley. —Aleshores va arrencar els tres plats de pastís de les mans de l'Aaron i els va passar a en Lenny—. I fes alguna cosa amb això. Anem cap a l'insti.

—Però si és dissabte... —va protestar l'Aaron.

—En Zach té raó —va intervenir la Rachel—. Tot plegat és culpa nostra. La Tricia està en perill de debò. Ho hem de solucionar, si està a la nostra mà.

Tots quatre van fer mitja volta i van arrencar a córrer, mentre en Lenny mirava d'empescar-se com treure's el mòbil de la butxaca alhora que aguantava tres plats de pastís.

Els nois van córrer cap a la part de darrere del Pavelló dels Rèptils i llavors cap a l'entrada del zoo, però van frenar de cop quan van veure que els empaitaven tres guardes.

—Oh, no! —va cridar l'Aaron—. Ens han enxampat! No puc anar a la presó. Els pares em mataran.

—No et preocupis per ells —va dir la Sophie amb seguretat—. Distrauré els guardes. Vosaltres tres escapoliu-vos!

Llavors va tornar a entrar al Pavelló dels Rèptils i va desaparèixer entre la multitud... literalment. Al cap d'un segon, en Zach va sentir crits. Els guardes es van clavar un cop de colze i van canviar de rumb cap a l'enrenou. En Zach es va aturar un moment, preocupat per la seva germana, però un segon més tard va veure els guardes sortir corrent més de pressa que no pas havien entrat. Una tortuga que semblava que flotava en l'aire els empaitava a mastegots.

—Compte! —va cridar una Sophie invisible—. S'ha escapat una tortuga voladora famolenca!

En Zach va empènyer l'Aaron i la Rachel i els va dir:

—Aquesta és la nostra. Som-hi. Som-hi!

Els nanos van travessar el zoo de pet i van trobar un parell de bicis aparcades en un suport per a bicicletes que hi havia a l'entrada principal. No hi havia manera més ràpida de creuar la ciutat. L'Aaron va saltar sobre la primera bici. Coneixia totes les dreceres i els jardins de darrere pels quals podien escurçar el camí.

En Zach estava a punt de saltar sobre l'altra bici quan la Rachel li va dir:

—Ei, sigues realista. —Es va plantar als pedals i el va deixar seure darrere—. Un de nosaltres va ser una estrella del *rodeo*. I l'altre no.

—Eh! Què espereu? —va cridar l'Aaron per sobre l'espatlla—. Som-hi!

En Zach es va agafar fort a la Rachel, mentre la noia s'allunyava del zoo pedalejant a tota màquina per la vorera darrere de l'Aaron.

—Ha sigut força espectacular com has intentat salvar la Tricia —va cridar la Rachel tombant-se una mica—. Has sigut molt valent.

—Gràcies —va replicar en Zach mentre baixaven el carrer com un bòlid—. Ha sigut...

—Un moment sisplau —el va interrompre la Rachel mentre se saltaven un revolt, aixecaven la roda, seguien l'Aaron pel jardí de darrere d'algú i baixaven pel camí d'entrada.

—Com ho has fet, això? —li va preguntar en Zach.

—Jo? —va dir travessant una cruïlla molt transitada. Li van tocar el clàxon, però ella no va reduir la marxa—. Anar amb bici està tirat. Munto a cavall des que era prou gran per caminar. Però el que faig no és res comparat amb el que fas tu. En aquelles gorres teves hi ha una màgia molt potent. —En Zach va balbucejar per explicar-l'hi, però ella el va tallar—. Ja ho capto. És un secret. Tot i això, pots confiar en mi.

—M'ho promets? —va preguntar-li en Zach abans de cridar quan ella va fer un gir derrapant a centímetres d'un enorme contenidor metàl·lic.

—Perquè em mori ara mateix —va dir allargant la mà com per segellar el pacte amb un jurament entrecreuant els dits petits—. T'ho prometo. El teu secret està segur amb mi.

En Zach no tenia clar del tot com respondre, de manera que es va limitar a dir:

—Gràcies. —Aleshores va tancar els ulls i es va agafar més fort amb l'esperança de no morir abans d'acabar de travessar la ciutat.

Vuit minuts més tard, tots tres van entrar a l'aparcament de l'institut.

La Rachel va tornar a derrapar fins a aturar-se davant de la porta principal al costat de l'Aaron.

—Per què has trigat tant? —li va preguntar l'Aaron, somrient.

—He hagut de carregar una mica de pes extra —va fer broma la noia mentre en Zach s'armava de valor per obrir els ulls.

—Les portes principals estan tancades —va observar l'Aaron sacsejant-les per ensenya'ls-ho—. Com hi entrarem?

—A mi no em miris —va dir-li la Rachel—. El que fa màgia és ell.

En Zach es va quedar mirant fixament les portes de vidre de l'entrada i va recordar l'incident de la màquina expenedora. Potser podria tornar a rutllar.

De debò que el Jawzilla i la Tricia són aquí dins?
Objectes confiscats
Lavabo privat. Prohibida l'entrada als alumnes!!!
ZUN!
ZUN!
Ei, són aquí sans i estalvis!

Hop
Sssxxx...
PSST! Tricia, no et moguis! Hem vingut a salvar-te!
PAM!
CREEEC
CRAC!!!

O no...
GRRRRRRRRR

Si hi hagués...
...alguna manera de despistar-lo!!!
???
Quin aniversari tan boig, eh?!
Socors! Ara estem tots atrapats!

Ni de conya!
La meva càmera NO és el teu dinar!
No facis cap bogeria!
Torna cap aquí!
Eh, que no...
Que això és MEU!
GRRRRRR

TANCA LA BOCA!!!
TXAS! TXAS!
Així m'agrada!
Molt bé!
Si vols ser famós, no te'n cruspeixis.
HA!
...
Au va, per favor...!

Rachel! Què fas?!
AAARG!
AU VA! Però si he lluitat amb bèsties molt més grosses que aquesta!
Tots FORA D'AQUÍ!
Però, i tu què, Rachel?!?!
No us preocupeu per mi! Me n'he sortit de més peludes!
Les gorres!
És l'única manera...
MARXEU! No el puc retenir gaire més!
AAAH!

SOCORS...
GGGRRRRR...
En Zach té un pla!
JA US TINC!
Al lavabo...
EI, BÈSTIA IMMUNDA!
VINE I AGAFA AIXÒ!
GLUBS!
RROOOARRR!!!

Toss!
TXOMP!
GLUP!
XAF!
BUUM!!

—Per provar-ho... —els va dir, i va córrer cap a les portes de vidre. PAM! Quan se'n va adonar, els amics l'ajudaven a aixecar-se de terra—. No ha funcionat? —va preguntar, i tant la Rachel com l'Aaron van fer que no amb el cap.

—Tens un pla B? —li va preguntar l'Aaron.

En Zach es va aixecar d'un salt.

—I tant que sí —els va dir—. Seguiu-me.

Els va guiar pel costat de l'edifici fins que eren just a fora del despatx del director. Se sentien tot de grunyits i trompades que venien de l'interior. La cosa no seria fàcil, però havien de rescatar la Tricia.

—Acostuma a deixar la finestra oberta una escletxa —va dir als altres recordant la darrera vegada que havia estat en aquell despatx amb els seus pares—. Si tingués-sim sort... —va afegir ficant els dits pel caire de l'ampit de la finestra—. Ja està. Ajudeu-me a obrir-la i ens hi podrem colar! Esperem que no se'ns cruspeixi.

—Zach! —va cridar la Rachel—. Les gorres! Què ha passat?

—No n'estic del tot segur —va contestar-li en Zach—. Però em sembla que els portals s'han transportat infinitament d'un a l'altre o alguna cosa. No em pensava que explotaria.

Però abans que algú pogués replicar, es va obrir la porta del despatx de bat a bat i va aparèixer en Riggs amb tot el departament de policia en pes, mig departament dels bombers, un parell de conductors d'ambulàncies i els pares de la Tricia al darrere de tot. Cap d'ells donava crèdit al que veia. El despatx del director estava fet un nyap... i en Zach, la Tricia, la Rachel i l'Aaron eren al bell mig d'aquell desastre calats fins als ossos.

—Però què redimonis...? Hi ha hagut un daltabaix al zoo i llavors han saltat les alarmes de l'institut... —va cridar el director amb incredulitat.

—El nostre angelet... —van dir els pares de la Tricia abraçant-la efusivament.

—Estàs bé? Què t'han fet aquests brètols? —li va preguntar la seva mare fulminant en Zach, la Rachel i l'Aaron amb la mirada com si fossin els culpables de tot plegat.

Continuava rajant aigua pertot arreu i tothom estava ben xop. El lavabo estava destrossat. Hi havia trossos de porcellana escampats pertot arreu i un forat a terra capaç d'enquibir..., bé, un caiman gegantí. L'Aaron es va entaforar la càmera a la butxaca de darrere, mentre en Zach s'apartava els cabells xops dels ulls. I la Rachel es va aixecar lentament d'allà on moments abans havia estat a punt de convertir-se en l'aperitiu d'un caiman.

En Riggs va escopir tot de paper de vàter. I com que no sabia què dir, va començar a balbucejar.

—En tots aquests anys, mai...! —Els nois van intercanviar mirades de preocupació—. Què ha passat aquí?!?!

—Burp! —va fer la Rachel mirant de colar-ho com un rot—. Ja us ho he dit, nois, que cruspir-nos tot aquell estofat de mongetes no era una bona idea!

—Ja n'hi ha prou! Ja n'hi ha prou! Tots vosaltres... —va cridar el director, però aleshores es va fixar en els catàlegs de vacances que tenia sobre la taula. Estaven ben xops i fets malbé. Va allargar la mà cap a un d'un creuer a Tahití amb totes les despeses incloses, però se li va desintegrar tan bon punt el va agafar—. Els meus catàlegs... Els meus preciosos tríptics a tot color. M'he passat els darrers deu anys col·leccionant-los. Eren els meus somnis... Sabíeu que aquest creuer t'ofereix totes les gambes que siguis capaç de cruspir-te? I aquest... en aquest hi ha una coberta lliure de nens. Tota una part del vaixell sense una criatura a la vista. Us ho podeu imaginar? Podeu? Sí o què?

—Em sap greu, senyor Riggs —va començar en Zach. La veritat és que l'home li feia una mica de pena.

—Ha sigut el pitjor aniversari de la meva vida! —va cridar la Tricia.

—Ai, reina... —li va dir el seu pare en un to suau i afectuós—. Et compensarem d'alguna manera. Què vols? Un poni? Un ordinador nou? Tot un vestuari nou?

—Sí, tot plegat —va dir, i els seus pares se la van endur del despatx.

—Però... —va protestar en Zach.

—No vull sentir-ho —va bramar el director—. Tots tres acatareu el càstig suprem fins que esbrini què ha passat aquí.

—Càstig suprem? —va preguntar l'Aaron, nerviós. No tenia ni idea de què volia dir allò... i no estava segur de voler-ho saber.

—Us passareu la resta del semestre reparant el lavabo, fins que torni a semblar nou. M'enteneu?

Tots tres van assentir.

—Molt bé. —Se li va esquinçar la veu quan finalment es va deixar caure a la cadira del despatx—. Ara marxeu..., sisplau.

No els ho va haver de dir dues vegades. En Zach i els seus amics van sortir disparats del despatx, però no sense que el primer arreplegués el que havia quedat de la gorra vermella, que estava trinxada com si... bé, com si un caiman se l'hagués intentat cruspir abans d'explotar com per art de màgia.

—Oh, Zach! —va dir la Rachel tan bon punt van ser

fora de l'institut i ja no els podia sentir el director—. La gorra està feta pols!

En Zach va mirar de ficar la mà a la gorra, que realment estava destrossada.

Però no va passar res.

Va sospirar. En aquell moment la gorra vermella no era res més que un parrac tronat de color vermell i la blava havia desaparegut per sempre. A en Zach se li havien acabat els viatges màgics a través dels portals. Francament, se li havia acabat tota la màgia.

—Però ets una mena d'heroi —li va dir l'Aaron.

—Jo? —va replicar en Zach—. No.

—Aquell caiman s'hauria cruspit la Tricia per dinar si tu no arribes a sacrificar la teva gorra com ho has fet —li va dir la Rachel.

—Bé, no hauria pogut disposar de la gorra blava si no hagués sigut per tu —la va corregir en Zach—. Hauria estat al despatx del director juntament amb la vermella després de tot el daltabaix de les granotes.

—Suposo que per això fem un equip fantàstic —va dir l'Aaron, i va abraçar els seus amics—. I mireu-ne el costat positiu —va afegir mostrant-los la càmera—. Ho tinc tot gravat en vídeo!

CAPÍTOL 23

Feia un dia inusualment càlid per a l'època de l'any a l'Institut de Secundària Horace Greeley. En Zach, la Rachel i l'Aaron eren a fora esperant que sonés el primer timbre. Malgrat l'amenaça del càstig suprem i d'haver perdut les dues gorres per culpa d'un caiman capaç de cruspir-se una persona, en Zach estava content de tornar a ser amb els seus amics a l'institut. Després d'una llarga conversa amb els seus pares, van decidir que com que les gorres s'havien destruït i en Zach tornava a estar sense objecte màgic, podia continuar anant a l'institut sense cap problema. Els tres amics van xocar les mans tan bon punt en Zach els va donar la notícia. El vídeo del caiman editat per l'Aaron ja ho estava petant a Internet. En Zach havia vist un munt de gent mirant els mòbils i assenyalant en la seva direcció tot el matí.

«No és fàcil ser un heroi», va pensar mentre sonava el timbre i empenyia la porta principal de l'institut que encara tenia mànec. En Zach va veure tot de nois apropant-se-li i es va preparar per a la inevitable processó de xocades de punys i felicitacions. Però la gent va passar totalment d'ell i va abordar directament la Rachel!

—Va ser tan guapo, com vas lluitar amb aquell caiman...!

—De debò que et va arrencar les cames d'una queixalada?

—És veritat que el vas domar i te'l vas emportar a casa?

Les preguntes venien de tot arreu. Alumnes de primer, de segon i de tercer envoltaven la noia. Tots volien saber-ho tot sobre la lluita a mort amb el Jawzilla.

—Com has arribat a ser una crac tan increïble? —li va cridar un noi.

La Rachel va suportar estoicament l'atenció i fins i tot va signar uns quants autògrafs.

—Ja ho veus... —va dir l'Aaron, que es va reunir amb en Zach més enllà de la multitud—. Tothom flipa amb el protagonista de l'acció, però la gent no fa mai cas dels nois de darrere la càmera.

A en Zach tant li feia. Estava content que la Rachel gaudís de tot el protagonisme. S'ho mereixia.

Però no tothom pensava igual.

—No m'ho puc creure! —va etzibar la Tricia observant l'escena amb ràbia des de l'altra punta del passadís i picant de peus a terra tota empipada—. Gairebé la dinyo a la meva festa d'aniversari i resulta que tothom està al·lucinant amb una vaquera de pa sucat amb oli!

—Ja pots estar contenta que ningú es pregunti per què vas acabar a la fossa dels caimans, per començar —li va dir en Zach, incapaç d'estar-se de burxar-la. No tenia clar del tot què havia passat al Pavelló dels Rèptils perquè la Tricia acabés al tancat del Jawzilla, però atès que en Lenny hi estava implicat, intuïa que ella havia d'estar al darrere de tot plegat.

—Ni se t'acudeixi dirigir-me la paraula, Zach King!

—va saltar la Tricia—. Em vas fastiguejar la festa, vas destrossar el despatx del director i gairebé em fiques en un bon embolic.

—També et vaig salvar la vida.

—Sí, ja... —va dir la noia—. Tot el departament de policia i els bombers estaven de camí. Tu i els teus maleïts trucs, els facis com els facis, tan sols van empitjorar les coses. Com feu sempre els friquis. —I dit això, va fer mitja volta i es va allunyar indignada.

—Aquesta Tricia... —va dir una veu que venia com del no-res—. Ja ho veuràs, la posarem al seu lloc. De totes totes.

—Sophie? —va dir en Zach—. De debò?

—Ho fastigueja tot.

—És veritat —va replicar la Rachel mentre buscava a les palpentes un puny invisible per picar—. És una paia horrible i repugnant.

—Sí, però si he de ser sincer, també és culpa meva. Vaig deixar que la nostra guerra se me n'anés de les mans —va admetre en Zach.

—No siguis pallús —li va dir l'Aaron—. La Tricia és diabòlica. Ho ha sigut tota la vida. L'únic que has fet és ajudar que finalment tothom se n'adoni. —En Zach sí que s'havia fixat que ningú havia rigut quan els havia dit «friquis» i que ningú l'havia seguit quan havia marxat empipada.

I no va poder evitar esbossar un somriure.

—Suposo que tot ha acabat bé al capdavall, fins i tot tenint en compte que he perdut les dues gorres.

—No hi ha cap manera que puguis trobar un altre objecte màgic? Hi ha d'haver alguna altra cosa en alguna banda que puguis fer servir —es va plantejar la Rachel—. Com ara una vareta o una poció o la poma d'una bruixa...

En Zach va sospirar.

—La cosa no funciona així. Només un objecte màgic per client.

—N'estàs segur? —li va preguntar l'Aaron, i va agafar el mòbil per buscar el vídeo d'en Zach colant-se dins la màquina expenedora el seu primer dia de classe—. Això va ser abans que trobessis les gorres, te'n recordes? —va assenyalar—. Aleshores com ho expliques?

—No ho sé. Suposo que no ho puc explicar —va dir en Zach arronsant les espatlles i fent mitja volta per enfilar cap a classe.

—Recordes la lliçó que l'avi sempre ens diu que és la més important? —li va preguntar la Sophie.

—És clar... «La màgia és més potent si la fas servir correctament» —va respondre en Zach.

—Ei, però, i si no es referia a fer-la servir correctament sinó pel motiu correcte? Com vas fer tu... Potser per això vas travessar el vidre de la màquina expenedora...

—Perquè intentaves ajudar-me —va saltar l'Aaron.

—I vas fer servir les gorres per aturar el Jawzilla —va afegir la Rachel.

—Però vaig ser incapaç de travessar les portes de l'entrada quan mirava de salvar la Tricia.

—Cert. Potser continues necessitant el teu objecte màgic —li va dir la Sophie.

—Llavors penses que a l'episodi de la màquina expenedora tenia un objecte màgic i no ho sabia? —va preguntar en Zach a la seva germana.

—Potser sí. Després de tot el que ha passat durant aquests darrers dies, no seria estrany. —Va arronsar les espatlles—. Suposo que tinc la sensació que encara no hem vist tot el que pots fer, germanet —li va dir la Sophie.

En Zach va considerar les possibilitats. Potser tenia més d'un objecte màgic? I podia ser que, si feia servir l'objecte en qüestió per a una bona causa, es convertís en un mag més potent?

—Bé, espero que tinguis raó —va dir l'Aaron a la Sophie—. Perquè serà molt difícil superar el darrer vídeo sense una bona dosi de màgia.

—No sé si la Sophie té raó o no, però sabeu què? Em moro de ganes d'esbrinar-ho.

—Vols dir que «ens morim» de ganes d'esbrinar-ho, oi? —el va corregir la Rachel.

—Això mateix —va dir en Zach somrient, mentre tots quatre xocaven els punys.

—I ho gravarem en vídeo! —va afegir l'Aaron.

Amb càstigs o sense càstigs, amb la Tricia Stands o sense ella, va pensar en Zach mentre sonava el primer timbre, el curs seria divertit!

Al cap de poc...
Slurp
Slurp
QUIN FRED!
SE'M GELA
EL CERVELL!!!
Clin
Clin
Clin

QUÈ?!
Flipo...
Aaron! Vine cap aquí ara mateix!!! I porta la càmera!!!

FI... PER ARA.

EQUIP KING
Vull donar les gràcies al meu equip per treballar tan durament i per la seva gran creativitat en aquest llibre màgic. Espero que us divertiu llegint-lo!!!
Zack King
Zach
Beverly
Andrew
Lukas
Mark
Kyle

Gràcies especialment a:
Rachel King, David Linker, Cait Hoyt, Aaron Benitez, Tyler Oakley, Kip Henderson, Asa Borquist, Bradley Grimm.

SOBRE L'AUTOR

Zach King és un jove cineasta que fa vídeos amb un toc de «màgia». Amb més de vint-i-cinc milions de seguidors a través de diverses plataformes socials, és un dels noms més populars pel que fa als mitjans de comunicació digitals. Ha aparegut a *Ellen*, ha estat a la catifa vermella dels Oscars i ha col·laborat amb Lego, Disney i Kellog's per crear vídeos al·lucinants. El 2016, en Zach i la seva dona van competir a *The Amazing Race* amb altres superestrelles dels mitjans de comunicació digitals. Nascut i criat a Portland, Oregon, a l'actualitat viu amb la seva dona a Los Angeles, Califòrnia, i ha fundat una productora multimèdia per crear i distribuir imaginatius continguts als seus fans arreu del món.